Bella Bender wurde 1997 in Baden-Baden geboren, wo sie zur Schule ging und 2014 ihr Abitur absolvierte. Sie studierte zunächst drei Semester Zahnmedizin in Freiburg, brach aber das Studium ab, um sich ganz dem Schreiben widmen zu können. Heute studiert sie Germanistik und Kunstgeschichte und lebt als freie Autorin in Heidelberg. „Tinte in Wasser" erschien im Jahr 2017 beim Self-Publisher-Verlag Books on Demand und ist ihr Erstlingswerk.

Bella Bender

Tinte in Wasser

Erzählungen

Bibliografische Information der Deutschen Nationalbibliothek:
Die Deutsche Nationalbibliothek verzeichnet diese Publikation in der Deutschen Nationalbibliografie; detaillierte bibliografische Daten sind im Internet über http://dnb.dnb.de abrufbar.

www.bellabender.de
Coverdesign: Sofie Elisabeth Römer
Autorenfoto: Nicolas Schmitt
Herstellung und Verlag: BoD – Books on Demand, Norderstedt
Printed in Germany
ISBN *978-3-7448-2058-5*

Inhalt

Nur ein Treffen

An einem verregneten Nachmittag im April war Iola wieder da. Zwei Stunden zuvor hatte sie sich bei ihm angekündigt. Ihre gestammelten Wortfetzen hatte er kaum verstehen können, aber vielleicht hatte das auch daran gelegen, dass er mehr auf den Klang ihrer Stimme als auf das Gesagte geachtet hatte.

„Nicht weit vom Bahnhof, sagst du? In Ordnung, ich denke ich finde das Haus schon."

Schließlich ein Klicken in der Leitung, dann Stille. Er legte das Telefon aus der Hand und wandte sich zur Küchentür. Langsam zog er die Schublade auf, öffnete eine Dose Kaffee und setzte das Wasser auf. Er kratzte sich zerstreut am Kopf.

Iola. Wann hatten sie sich das letzte Mal gesehen?

Es dauerte ein paar Minuten, bis er sich wieder an diese Absolventenfeier erinnerte. Sie war nicht alleine gewesen und hatte ihm nur kurz verlegen ins Gesicht geschaut. Ihr letztes Lebenszeichen war ein Brief gewesen, den sie ihm geschickt hatte, als sein Vater gestorben war. Zur Beerdigung war sie jedoch nicht gekommen und hatte auch auf seine Antwort nicht reagiert.

Bastian öffnete den Kühlschrank. Er hatte noch ein Glas von der etwas zu teuren Pestosauce und eine Flasche trockenen Weißwein, wie sie ihn mochte. Er hoffte bereits, sie würde zum Abendessen bleiben, dabei war es erst sechzehn Uhr. Ohne an den Kaffee auf dem Herd zu denken, eilte er ins Wohnzimmer und räumte hastig die herumliegenden Blätter vom Schreibtisch.

Als er ein Zischen aus der Küche hörte, rannte er fluchend zurück und stolperte beinahe über den alten, ausgefransten Perserteppich im Flur. Gerade als er versuchte, den vergossenen Kaffee aufzuwischen, klingelte es. Er zog den Topf vom Herd, stürmte zur Tür und riss sie ein wenig zu weit auf.

Vor der Türschwelle stand wie eingefroren eine Frau im blauen Mantel, das helle, krause Haar vom Kopf abstehend und die Augen weit aufgerissen.

„Iola", sagte er nur und sie entspannte sich.

„Schön dich zu sehen."

Ein zögerliches Lächeln breitete sich auf ihrem Gesicht aus. Sofort befürchtete er, sie zu fest umarmt zu haben.

„Wie lange bleibst du in Leipzig?", er griff nach ihrer Hand, zog sie über die Türschwelle und half ihr aus dem Mantel.

„Nicht lange, denke ich. Eigentlich komme ich fast nie hierher."

„Und was hat dich dann dieses Mal hergeführt?"

„Ich habe meine Großtante besucht; sie wohnt ja nicht weit von hier. Ich vergesse immer den Namen des Ortes."

„Und wie war es?"

„Für mich sehr traurig und für sie unverständlich. Alma hat Alzheimer, sie hat mich nicht einmal erkannt."

„Das tut mir leid, Iola."

Sie nickte.

„Sie hat auch dich immer gemocht. Inzwischen redet sie nur noch von ihren Eltern und von ihrem Alfred. Niemand traut sich ihr zu sagen, dass er vor zehn Jahren gestorben ist, obwohl sie jeden Tag fragt, wann er nach Hause kommt."

Iola stand wie ein verirrter Fremdkörper im Flur und sah sich um. Bastian versuchte ihrem Blick zu begegnen, was sie erst nach einer Minute bemerkte, um dann verlegen zu lachen.

„Entschuldige, es... ich muss mich irgendwie erst wieder an dich gewöhnen."

„Es ist ja auch lange her."

Iola betrachtete ihre Hände.

„Setz dich doch erst einmal hin", er schob sie auf das Sofa, „möchtest du Kaffee?"

„Ja gerne."

„Erzähl mal von dir. Was gibt es Neues in deinem Leben?"

Sie seufzte.

„Nicht viel."

„Gibt es vielleicht jemanden?"

„Nein", sie schüttelte den Kopf, „ich hatte immer mal wieder ein paar blöde Affären, aber..."

Er nickte.

„Ich verstehe."

„Und du, bist du mit jemandem zusammen?", Iola lächelte, wenn auch ein wenig unsicher.

„Nein. Ich habe mit Céline eineinhalb Jahre lang zusammengelebt, aber wir haben uns vor ein paar Monaten im gegenseitigen Einvernehmen getrennt."

„Das tut mir leid", er war sich nicht sicher, ob sie es ehrlich meinte, „warum denn?"

„Am Ende war der Druck zu groß, denke ich."

„Dann standest du dieses Mal also auf der anderen Seite..."

„Das ist etwas Anderes", antwortete er scharf, „bring das nicht durcheinander, das ist nicht gerecht."

„Ja, vermutlich", ihre Stimme wurde leiser, während er aufstand und in die Küche lief. Als er zurückkam, rührten sie in ihren Kaffeetassen und sahen sich dabei nicht in die Augen.

„Und du lebst wieder in Hamburg?"

„Ja", sie nickte, „ich verbinde mit dieser Stadt einfach sehr viel, immerhin bin ich dort aufgewachsen. Und meine Mutter und mein Bruder sind dort. Ich glaube in Leipzig bin ich nie wirklich heimisch geworden, auch wenn ich fast zehn Jahre hier gewohnt habe."

„Wie geht es Andreas?"

„Ganz gut, denke ich. Er ist vor zwei Monaten mit seiner Freundin Sara zusammengezogen."

„Denkst du?"

„Wir sehen uns nicht so oft, weil er so viel arbeitet."

„Liegt wohl in der Familie. Und wie läuft deine Arbeit?"

„Gut. Ich bin in einer ziemlich renommierten Kanzlei in Hamburg untergekommen. Genauso wie ich es immer wollte. Und mein Chef ist klasse. Du weißt ja, ich lebe für meine Arbeit."

Er nickte, auch wenn er solche Aussagen nicht mochte, weil sie so klangen, als rezitiere jemand aus einem schlechten Drehbuch. Aber natürlich sagte er ihr das nicht, sie hätte es falsch verstanden.

„Bist du glücklich?", fragte er stattdessen. Sie seufzte.

„Glück. Was für ein Wort. Für jeden kann es etwas Anderes bedeuten. Meine Definition von Glück unterscheidet sich sicherlich von deiner. Die Philosophie hat nie eine endgültige Antwort darauf gefunden, was es damit auf sich hat, und ich ehrlich gesagt auch nicht."

„Das kannst du aber besser", er nickte ironisch mit dem Kinn, leicht verärgert über ihre gewollt reflektierte Sicht der Dinge.

„Was denn?"

„Mir vor unangenehmen Fragen ausweichen."

„Ich habe zu wenig Zeit, um glücklich zu sein", sagte sie schließlich, „Was ist das denn, ein Verhör?"

Er schaute nicht einmal weg. Ihre Ausflüchte hatten ihn schon immer gereizt.

„Ja. Was denn auch sonst. Du kennst mich, ich habe mich nicht verändert."

„Kann man sich in fünf Jahren nicht verändern? Wenn man einmal bedenkt, was schon in fünf Monaten alles passieren kann."

„Würdest du sagen, dass du dich verändert hast?"

„Natürlich."

„Jedenfalls wäre das keine Veränderung, die man sofort erkennt."

„Es ist ja auch nichts, was man direkt aus meinem Gesicht lesen könnte, Bastian. Außerdem sitzen wir erst seit ein paar Minuten hier."

Sein Ärger über sie verflog, als er ihre vertraute leicht gekrümmte Haltung von früher wiedererkannte.

„Aber du weißt doch..."

„Was?"

„Eine Minute mit Iola..."

„...ist wie eine Stunde mit einem normalen Menschen", vollendete sie den Satz und lachte stumm. Sie schwiegen nun beide, ein wenig aus dem Konzept gebracht.

„Ich weiß noch, dass ich damals daran gezweifelt habe, ob du das im guten oder schlechten Sinne meinst", bemerkte sie schließlich, „das hast du am ersten Abend zu mir gesagt, oder?"

Er nickte.

„Ja. Eine schöne Erinnerung."

Irgendetwas in Iolas Gesicht zuckte nervös, doch er konnte nicht genau bestimmen, was es war. Er erinnerte sich, wie er damals versucht hatte, ihr Handeln vorherzusehen, indem er ihre Gesten und ihre Worte studierte, manchmal sogar intensiver als seine Gesamtausgabe von Hegel. Ganze Stunden hätte er damit zubringen können, sie zu observieren, ihre Haltung zum Beispiel, manchmal aufrecht, manchmal in sich zusammengesunken oder die Schultern leicht schräg, wenn sie sich für irgendetwas interessierte, die hellgrauen Augen gelegentlich zur Seite verdreht, wenn ihr irgendetwas auf die Nerven ging. Die Jahre hatten sie noch blasser und hagerer gemacht, dabei war sie schon damals dünn gewesen wie eine Magerkranke, da sie viel mehr Zigaretten und Wein zu sich nahm als anständige Mahlzeiten.

Vorsichtig schaute er sie von der Seite an, als sie von ihrer Mutter erzählte, die an starkem Rheuma litt, und von ihrem Vater, der sich kaum bei ihr meldete.

Bastian fragte sich, ob sie vielleicht ein wenig einsam war in Hamburg, unter all den Freunden und Kollegen, von denen sie erzählte.

„Wie läuft es bei dir beruflich?", ihre Frage klang betont vorsichtig, als träfe sie seinen wundesten Punkt.

„Nun, ich unterrichte Philosophie an einem Gymnasium und arbeite zusätzlich im Kulturhaus. Es ist vielleicht nicht das, wovon ich als Student geträumt habe, aber es ist in Ordnung."

„In Ordnung", sie sprach es aus wie einen ungewöhnlichen Begriff, „und wovon träumst du jetzt?"

Der ironische Unterton entging ihm nicht. Wenn sie früher gut gelaunt gewesen war, hatte sie ihn als Idealisten bezeichnet. Wenn sie dagegen in schlechter Stimmung war, hatte sie ihn oft als naiv beschimpft.

„Als ich zwanzig war, habe ich davon geträumt, wie es wohl wäre, die jungen, unsicheren Jahre hinter sich zu lassen", er betrachtete seine Hände, als hätte er sie vorher noch nie gesehen, „aber jetzt, jetzt wäre ich gerne wieder jünger, meinetwegen auch geplagt von all den Unsicherheiten. Die Angst, welche die Unsicherheit auslöst, ist nicht halb so schlimm wie die Macht der Gewissheit über viele Dinge. Verstehst du, was ich meine?"

„Nein", antwortete sie langsam.

„Genau wie damals", hätte er fast gesagt. In dieser Hinsicht hatte sie nie begriffen, was ihn so quälte, dabei war es aus seiner Sicht so einfach.

Wenn ich dem zwanzigjährigen Bastian noch einmal begegnen würde, dachte er, dann würde ich ihm sagen, er muss sich nicht vor zu vielen Möglichkeiten und falschen Entscheidungen fürchten. Denn so viel schlimmer erschien ihm dieses Gefühl, das ihn manchmal überkam, wenn er morgens ins Bad lief und das fahle Licht der nackten Glühbirne seine Falten beleuchtete: Das Wissen, die Sicherheit darüber, dass die Zeit der Entscheidungen vorbei war. Doch auch wenn er sich einst danach gesehnt hatte, der Eindruck von Erlösung wollte sich einfach nicht einstellen. Seine Unruhe hatte der Gleichmut Platz gemacht. Vielleicht war er einfach das, was Iola immer behauptet hatte: Pessimistisch und nie durch irgendetwas zufrieden zu stellen.

Anfangs hatte sie dies noch belustigt festgestellt, später hatte sie es ihm wütend vorgeworfen.

Iolas grausamster Satz?

„Ich verstehe dich nicht. Wenn das überhaupt irgendjemand jemals kann."

Es war ein wenig seltsam, wieder neben ihm zu sitzen auf diesem Sofa, das eigentlich überhaupt nicht seinem Stil entsprach. Auch wenn sie zunächst vom Gegenteil überzeugt gewesen war, hatte er sich doch sehr verändert: Seine hektischen Gesten waren verschwunden, er sah fast gelassen aus, anders als früher, wenn er sich über eine komplizierte Gedankenkette tagelang den Kopf zerbrochen oder sich völlig überzogene Sorgen gemacht hatte um Dinge, die sie in Sekundenschnelle aus der Welt schaffen konnte.

Sekundenschnelle traf es gut, wenn sie ihr Leben hätte beschreiben wollen. Sie dachte oft, dass es wohl ebenso wenig langsam und ruhig verlief wie ihre Fahrten auf der Autobahn. Die rasante Geschwindigkeit schien sich niemals zu verringern, es gab keine Ruhepausen oder Auszeiten, nur den sich ewig wiederholenden Prozess des Beschleunigens und Überholens.

Iola war sich sicher, ihn damals gleichermaßen schockiert wie fasziniert zu haben.

In welcher Geschwindigkeit verlief wohl sein Leben inzwischen? Ob er immer noch dieser Träumer war, für den ein Tag wie sieben Leben sein konnte? Er sah auf dieselbe Art und Weise romantisch und verträumt aus wie damals mit seinem Dreitagebart, der inzwischen nicht mehr schwarz, sondern grau war, seinem abgeschabten Wollpullover und seinen tragikomischen dunklen Augen. Ein bisschen erinnerte er an ein männliches

Schönheitsideal aus vergangenen Epochen oder an einen längst verstorbenen, aber zeitlosen Denker.

Jedoch war er weniger ernst, weniger tragisch als früher, scherzte mehr und wirkte weniger selbstmitleidig. Manche seiner Witze waren sogar regelrecht dumm, scheinbar hatte er diesen Anspruch abgelegt, ständig klug zu wirken.

„Auf eine seltsame Art bist du jünger geworden", lachte sie, als er ihr noch mehr Kaffee einschenkte.

„Was?", er grinste, „Das kannst du doch kaum ernst meinen. Aber echt, im Ernst, ich fühle mich manchmal richtig alt. Du nicht?"

„Nein."

Sie log nicht, das konnte er ihr ansehen. Vermutlich war es eben Iolas Art, möglichst wenig über sich selbst nachzudenken. So war sie schon immer gewesen. Iola wickelte den Schal von ihrem langen Hals. Auch diese Bewegung sah exakt und präzise durchgeführt aus, wie vieles, was sie tat. Sie nahm die kleine gusseiserne Teekanne in die Hand, welche er auf dem Tisch platziert hatte und betrachtete sie fasziniert, als hätte sie nie etwas Vergleichbares gesehen. Er wusste jedoch genau, woher ihre Verwunderung kam. Dass er keinen Tee trank, wussten sie beide ganz genau, aber es war einer der Versuche Célines gewesen, ihn für eine gesündere Lebensweise zu begeistern.

Sein Magen verkrampfte sich leicht, als er daran dachte, wie er mit Céline auf diesem Sofa gesessen hatte, ihr hübsches Gesicht sich zu einer verächtlichen, hässlichen Grimasse verzog und sie sprach: „Du kannst noch so viele philosophische Essays schreiben und Psychologiebücher lesen, wie du willst, du wirst deine Mitmenschen nie verstehen. Wenn du immer nach dem Sinn suchst, suchst du doch nur dich selbst und verlierst alle anderen."

Ein paar Tage später hatte sie ihre Koffer über den Flur in den Aufzug getragen, während er regungslos auf dem Bett gesessen hatte, zu schwach und zu ermüdet, um sie aufzuhalten.

Sie telefonierten nicht mehr und schrieben sich nicht mehr. Wozu auch, wenn man sich nichts mehr zu sagen hatte?

Doch es ging nicht immer nur um verpasste Worte und Gelegenheiten. Manchmal ging es auch einfach darum, nicht alleine zu sein, wenn man nach Hause kam, oder jemandem Gute Nacht sagen zu können, wenn man schlafen ging. Zu wenig, als dass zwei Menschen davon leben könnten, aber dennoch genug, um es als einzelner Mensch zu vermissen. Vielleicht hatte Iola Recht und er war zu idealistisch.

„Du bist solo, hast wieder Zeit für Abenteuer", hatte sein bester Freund gesagt, doch er hatte nur gelacht. Was für einen Wert hatte die Freiheit eigentlich für ihn, wenn er sie mit Einsamkeit bezahlen musste?

„Bastian?", Iolas Stimme riss ihn aus den Gedanken, „Hörst du mir zu?"

„Entschuldige, Iola, ich war gerade meilenweit weg."

Es irritierte sie ein wenig, dass er immer noch genau die gleiche Formulierung benutzte wie zu dieser Zeit vor zehn Jahren. „Ich war gerade meilenweit weg", hatte er fast jedes Mal gesagt, wenn sie ihn dabei ertappt hatte, nicht zugehört zu haben. Wo er war, variierte stark. Manchmal bei der Theateraufführung der letzten Woche, die ihn immer noch beschäftigte. Oder bei einer Erkenntnistheorie. Oder der Bedeutung des Nichts. Meistens hatte sie sich nicht über sein fehlendes Interesse geärgert, sondern eher darüber, dass sie sich mit ihren alltäglichen Themen banal vorgekommen war.

Bastian hatte stets die Fähigkeit besessen, sie alles Mögliche fühlen zu lassen, ganz gleich in welcher Stimmung sie sich befunden hatte. Auf Wut folgte Frieden, auf Trau-rigkeit Ausgelassenheit und umgekehrt. An seiner Seite hatte sie oft Alles sein können. Oder Nichts, je nachdem, welcher Schwan-kung er gerade unterworfen gewesen war. Extreme Hingabe und absolute Zurückwei-sung. Eine Mitte gab es nicht, hatte es nie gegeben. Aber vermutlich hatte sie genau das gebraucht in einem Leben, welches so erschreckend geradlinig verlaufen war.

Seine Wohnung sah kaum anders aus als die achtzig Quadratmeter, die sie sich einst geteilt hatten. Als sie noch alleine war, hatte sie sich diese große Wohnung gemietet, sich aber wenig Möbel gekauft und absolut nichts herumliegen lassen, weil sie die Leere als angenehm empfand.

Erst mit Bastian kamen die alten Kunst-plakate, die Dostojewski-, Kafka- und Max Frisch-Ausgaben und dieser Perserteppich, auf dem sie sich einst ausgetobt und sich über das Kamasutra lustig gemacht hatten.

War es der gleiche oder derselbe Tep-pich? Er liebte ja solche Diskussionen, sie dagegen hatte früher dann meistens mit den Augen gerollt und gesagt: „Wie du meinst". Früher hatte er oft davon gesprochen, ihr „diese spezielle Art zu denken" näher zu bringen. Manchmal hatte sie darüber gelacht oder verärgert geschnaubt.

Ähnlich hatte er reagiert, wenn sie ihn auf „seine Perspektiven" angesprochen hatte. Und so waren sie auch gewesen, vor all diesen Jahren: leidenschaftlich, wild und unbegründet schwankend zwischen glühender Bewunderung und tiefer Verachtung füreinander.

Sie strich kurz über den Deckel der Espressokanne und wandte sich ihm zu.

„Wohnst du schon lange hier?"

„Seit zwei Jahren wohne ich hier, aber seit zwei Monaten erst alleine. Vorher hat ja Céline bei mir gelebt."

„Stimmt. Wie war sie so?"

„Anders als du."

„Aha", sie nahm einen Schluck Espresso, „wie war ich denn?"

„Verstehe es doch nicht falsch, du bist eben ein wenig…temperamentvoller."

Plötzlich brach sie in Gelächter aus.

„Allerdings. Erinnerst du dich noch, als ich deinen Bistrostuhl zertrümmert habe, weil ich wütend auf dich war?"

Sie lachte und sah ihn herausfordernd an.

„Du warst auch nicht schlecht. Du hättest fast einen Klienten von mir verprügelt, weil du dachtest, er hätte mit mir geflirtet."

„Na ja, was soll ich sagen, du warst so schön und ich sehr eifersüchtig", er grinste.

„Ich war noch nie schön", sie sah verlegen aus, was nicht zu ihrer stolzen Haltung passte.

„Ach hör auf", er schüttelte ärgerlich den Kopf, „vielleicht weniger für dich selbst, aber für Andere bist du es immer."

Iola zuckte scheinbar mit den Schultern, konnte jedoch trotzdem nicht verhindern, gleichzeitig ein wenig geschmeichelt zu lächeln. Plötzlich stand er auf und drehte ein paar Runden auf dem abgetretenen Teppich. Sie kannte dieses Phänomen gut, er tat das immer, wenn ihn ein Gedanke nicht loslassen wollte.

„Erinnere mich, wie genau ist das passiert, vor zehn Jahren", Bastian sah sie an, so als könne er es immer noch nicht fassen, „wir haben alles geteilt, wir waren alles. Und dann von einem Tag auf den anderen waren wir nichts mehr."

Sie lachte kurz und sah zu ihm auf.

„Schon komisch. Irgendwie wusste ich, du würdest das fragen."

„Wie denn, ich wusste es nicht."

„Weil du immer zurückschaust".

„Du nicht?", fragte er leise und machte ein paar Schritte auf das Sofa zu, „Willst du mir wirklich erzählen, dass du das niemals getan hast?"

Sie schüttelte den Kopf. Ihr Oberkörper schwankte.

„Lügnerin", flüsterte er zärtlich und Iola sagte erst einmal nichts mehr.

Eine Stunde später lagen sie auf seinem Bett, ihr Kopf an seiner Schulter.

„Du bist ja noch schlimmer als früher."

Ihr war kalt, wie so oft. Vorsichtig zog Bastian ihr die Decke über den Körper und sie umklammerte diese inniger als ihn zuvor.

„Alles in Ordnung?"

„Ja es ist nur so kalt hier bei dir. Stört dich das nicht?".

„Nein", er küsste sie auf die Stirn, „bist du hungrig?".

„Ein bisschen."

„Dann lass uns in die Küche gehen. Ich kann uns etwas Feines zaubern."

„Daran zweifle ich nicht", Iola folgte ihm leicht lächelnd.

Ihr war es stets intimer erschienen Bastian beim Kochen zuzusehen, als mit ihm zu schlafen. Hauptsächlich, weil er meist nackt vor dem Herd stand und selbstvergessen zu dem Takt der Musik wackelte, welche sein Plattenspieler in der Wohnung verbreitete. Es überraschte sie nicht, dass er sich nie davon getrennt hatte. Damals hatte er sich schon über die Stillosigkeit von CDs lustig gemacht, also konnte sie sich nicht vorstellen, dass er sich mit Spotify oder Youtube anfreunden konnte.

Iola erkannte auf der mit Rotweinflecken und Kratzern übersäten Ablage einige neue Küchenmaschinen, deren Zweck sich ihr auf den ersten Blick nicht wirklich erschlossen. Er wird schon wissen, was er tut, dachte sie. Bastian hielt sich niemals an Rezeptvorgaben, sondern führte alles intuitiv aus. Es wäre wahrscheinlich lustig anzusehen gewesen, wie er vor dem Gewürzregal stand und lange an den einzelnen Gefäßen schnupperte, wenn er nicht so lasziv in ihre Richtung gesehen hätte. Sie schenkte ihm ein Lächeln, das sie für verführerisch hielt, und kaute an ihrer Unterlippe. Bastian schüttelte den Kopf und lachte.

„Hilfe, ich bin erschöpft. Du bist wirklich unersättlich."

Iola griff nach dem Weinglas, das er ihr reichte.

„Und ich saufe immer noch viel zu gerne."

„Immer noch."

„Irgendein Laster brauche ich ja."

„Eines?"

„Na gut ein paar Laster."

„Rauchst du noch?"

„Ja. Genauso viel wie früher, das ändert sich einfach nie."

„Würdest du es denn gerne ändern?"

Sie überlegte kurz.

„Nein."

„Ich auch nicht. Zigarette danach?"

„Ja bitte."

Sie beugte sich über die Küchenablage, er erhob das Feuerzeug. Die Flamme glimmte etwas zu heftig auf, erlosch dann aber so schnell, dass sie es kaum schaffte, ihre Zigarette damit anzuzünden. Bastian fühlte sich an ihre erste Begegnung erinnert, als er sie nach einer Vorlesung in Rechtsphilosophie gefragt hatte, ob sie mit ihm eine Zigarette rauchen wolle.

Er war damals mitten in seinem Philosophiestudium gewesen, während sie schon als Referendarin in einer Kanzlei arbeitete, jedoch laut eigener Aussage noch nicht ganz mit der Zeit an der Uni abgeschlossen hatte. Vermutlich war es eher Wehmut als Interesse gewesen, welche sie zu dieser Vorlesung geführt hatte.

Er wusste nicht mehr, was genau ihm bei ihrer ersten Begegnung an Iola so gut gefallen hatte. Vielleicht war es ihre beiläufige, leicht gelangweilte Art gewesen oder ihre eigenartige Haltung zusammen mit der leicht kratzenden Stimme. Sie sah nicht aus wie eine dieser strahlenden Schönheiten, die von den Plakaten alter Filmstreifen in seinem Zimmer jeden Besucher anlächelten: Ihre Nase war ein wenig zu markant, ihr Mund ein wenig zu schmal und ihr Körper ein wenig zu lang und dünn. Jedoch trug sie ihre Unvollkommenheit relativ ungehemmt zur Schau und hob sich damit von der Gewöhnlichkeit ab.

„Kommst du zu mir zum Essen?", hatte er sie gefragt.

Sie hatte überrascht ausgesehen.

„Du weißt schon, dass ich mindestens sieben Jahre älter bin als du?"

„Ja und? Was ist dabei?"

„Nichts", sie begann zu lachen, „du hast Recht, das war eine dumme Frage. Wann soll ich denn bei dir vorbeischauen?"

So war es auch später immer gewesen. Sie fand es reizvoll, einen etwas jüngeren Geliebten zu haben, hatte aber oft befürchtet, es könne ihn irgendwann anöden. Bastian befürchtete, ihr nie gesagt zu haben, wie wenig ihn ein paar Falten kümmerten und dass Unsicherheit viel mehr zerstörte als Unvollkommenheit. Nichts hasste er mehr als diese schreckliche Nervosität, mit der hübsche Gesichter, lange Beine oder tiefe Dekolletés zur Schau gestellt wurden, oft begleitet von diesen entnervenden Fragereien:

„Sehe ich wirklich gut aus heute? Ach ich weiß nicht…"

Jedes Mal hatte er den Eindruck, als entzaubere die Frau ihre eigene geheimnisvolle Inszenierung und werde zur Laiendarstellerin, die ihre eigene Rolle nicht mehr ausfüllen konnte.

Iola hatte an jenem ersten Abend nicht eine Sekunde lang gezögert, die Nacht mit ihm zu verbringen, doch eigentlich hatte Bastian erst den Eindruck sie wirklich zu verführen, als er ihr am nächsten Morgen ihre Telefonnummer entlocken konnte. So wurden aus einer Nacht zehn weitere.

Nach ein paar Wochen stellte er sie seinen Freunden vor und war danach etwas überrascht von den vorsichtig ausgesprochenen Warnungen und den Fragen. Zunächst begriff Bastian die Bedenken nicht. Erst als er darum bat, Iolas Freunde kennenlernen zu dürfen und sie ihm beharrlich auswich, ahnte er, worum es ging. Zunächst beschäftigte es ihn, irritierte ihn, bis er nach dem fünften Anlauf die Geduld verlor.

„Was soll das? Wieso sagst du mir nicht einfach, dass du es nicht willst?"

Sie stritt es ab, überzeugte ihn aber nicht.

„Du schämst dich meinetwegen."

Er wandte sich ab, ließ es dennoch zu, dass sie ihn umarmte.

Etwa eine halbe Stunde lang standen sie so da: Bastian starrte aus dem Fenster, während Iolas Arm sich um seinen Bauch geschlungen hatte.

„Bitte denke das nicht", sagte sie schließlich, „verzeih mir, ich bin nicht allzu gut in so was."

Er lachte kurz, wandte dennoch sein Gesicht von ihr ab, bis sie sanft sein Kinn in ihre Richtung zog und ihn küsste.

Irgendwann in den frühen Morgenstunden wollte Bastian es ihr sagen, doch er hatte den Eindruck, nicht mit Worten ausdrücken zu können, was er empfand. Also sagte er nur ihren Namen und schaute sie an. Einen Moment lang stand die Frage in Iolas Gesicht geschrieben, dann breitete sich ein verstehendes Lächeln auf ihrem Gesicht aus, dieses Mal war es frei von ihren üblichen Zweifeln.

„Ich weiß."

Über eines war Bastian sich absolut im Klaren gewesen: Iola hatte vor ihm viele Männer gehabt. Es erfüllte ihn mit ein bisschen Stolz, dass er der Einzige war, der es seit langem geschafft hatte, bei ihr mehr als nur ein bisschen Interesse zu wecken. Umso überraschter war er, als sie ihn nach sechs Monaten fragte, ob er zu ihr ziehen wollte.

„Es ist noch nie so gewesen wie jetzt", meinte sie nur als Erklärung, „aber so kann es für mich gerne weitergehen."

Und so war es dann auch, eineinhalb Jahre lang.

Iolas Stimme zog ihn wieder zurück in die Gegenwart.

„Der Camus Band, den ich dir geschenkt habe, steht ja immer noch in deinem Regal."

„Natürlich", er strich über ihre Taille, „ein großer Mann dieser Camus."

„Ich habe vor fünfzehn Jahren nichts von deinen Sachen behalten", gestand sie, „ich konnte es einfach nicht."

„Wirklich? Ich habe alles behalten. Und an diesem Buch hing ich wirklich. Es gibt einfach diese Namen, die man nicht vergisst. Entweder von den Vorbildern oder von den wichtigen Frauen. Welche die erste ist, kannst du dir vermutlich vorstellen."

„Ja."

„Wir haben zwei Jahre lang alles geteilt. Leichtigkeit, Leichtsinn, Wut, Frustration. Und ich muss sagen, es war eine ausgesprochen melodramatische, aber sehr schöne Zeit."

Er wandte sich Iola zu, doch in diesem Augenblick reckte sie ihr Kinn in die andere Richtung und sein Kuss ging ins Leere.

„Und wer war die Zweite?"

„Ingrid. Ich habe dir nie davon erzählt, es war nach unserer Zeit. Und das war eine ziemlich aufregende Geschichte."

„Aha", Iola wischte sich über ihren Oberarm, als habe sie einen Makel auf ihrer weißen Haut entdeckt, „und wer war sie?"

„Eine Doktorandin in Philosophie, sie ist drei Jahre älter als ich. Nihilistin war sie damals, ob sie heute immer noch so denkt, weiß ich nicht. Soweit ich gehört habe, ist sie bis heute leicht nymphomanisch geblieben. Du musst wissen, meine alten Kollegen sind immer sehr gut informiert, was am Institut so passiert."

Iola schwieg.

„Und warum ging es schief?"

„Sie war launisch, sprunghaft. Ein schwieriger und zutiefst unglücklicher Mensch."

„Also wie du."

„Nein, sehr viel schlimmer als ich. Kompliziert ist gar kein Ausdruck."

Sie verfielen wieder in rätselhaftes Schweigen. Die Erinnerungen aneinander schienen mit ihnen im Zimmer zu stehen, so lebendig, als hätten sie ihnen zuvor wieder Atem und ein schlagendes Herz verliehen.

Iola fragte sich, woran er gerade dachte. Tatsächlich spazierte er gedanklich noch einmal durch diese Straße, in der er gewohnt hatte, bevor er bei ihr gelebt hatte. Seine Wohnung hatte über einer Dönerbude gelegen, aus der manchmal ein leicht ekelhafter, fettgeschwängerter Geruch waberte. Sie hatten sich nie überwinden können, dort etwas zu essen. Als ob die Besitzer über den widerlichen Geruch hätten hinwegtäuschen wollen, hatten sie eine schreiend bunte Leuchtreklame über der Tür angebracht. Die Punkte auf dem ö von Döner waren zwei rote Herzen. Insgesamt weder Iolas noch sein Stil, ein ausgesprochen scheußlicher Anblick, wenn man davorstand, viel zu ordinär und viel zu opulent, es erschlug förmlich die Straße und ließ fast die Augen des Beobachters tränen.

Jedoch hatte ihnen beiden die Schatten der Buchstaben auf dem Fußboden seiner Wohnung gut gefallen. Wenn die Beleuchtung fehlerhaft war – und das geschah oft – schienen die Schatten ein wenig zu schwanken. Oft hatten sie darüber gelacht.

Was ebenfalls zu ihrem Alltag gehört hatte, waren Iolas Beschwerden über das Licht gewesen. Es sei viel zu grell, klagte sie. Doch als die Dönerbude durch eine Bäckerei ersetzt wurde, fehlte ihnen beiden diese Beleuchtung auf einmal in all ihrer farbenfrohen Hässlichkeit und sie konnten nicht mehr schlafen.

Stattdessen war er zu ihr gezogen, über Nacht hatten sie seine Sachen in ihre größere, hellere Wohnung getragen. Und es folgten glückliche, inspirierte Zeiten bis... wann hatte es eigentlich begonnen? Als sie anfingen wegen Nichtigkeiten zu streiten und er wieder einmal in Sinnlosigkeit und Gefühlsarmut versank? Als Iolas Temperament mit ihnen ihr Unwesen trieb? Vermutlich würde keiner von ihnen diese Frage beantworten können. Vielleicht würden sie genau wie damals hin- und herschwanken zwischen absoluter Schuldzuweisung und schmerzhafter Reue. Die Fehler, die sie beide begangen hatten, waren so offensichtlich gewesen, doch genauso falsch wäre es ihnen vorgekommen aufeinander zu verzichten. Auf eine seltsame Weise wurden sie süchtig nach dieser launischen Zweisamkeit.

Was es für sie gewesen war, wusste er nicht. Für ihn war es ein Weg gewesen, die Leere zu füllen, die ihn aufzufressen drohte. Ihre Streitgespräche waren belebend, wenn er sich wie ein Untoter fühlte und Versöhnung wunderschön, wenn ihm alles hässlich erschien. Es war wie ein Spiel, das man jedoch nicht einfach nach Lust und Laune beenden konnte.

Irgendwann wurde es bitterernst und plötzlich stand in ihren hitzigen Diskussionen mehr als nur die tägliche Stimmung auf dem Spiel. Manchmal erschien es ihm so, als würden sie sich nur durch Frieden nach dem Streit ihrer Liebe sicher sein und durch ein „Es tut mir leid" wieder zueinander finden können.

Auf eine andere Weise hatte er nicht mehr das Gefühl, sie noch zu erreichen und er schaffte es immer weniger, sie zu besänftigen, ebenso wenig wie sie ihn noch verstehen konnte. Vielleicht war es das, was lola irgendwann so sehr erschöpft hatte: das ständige Scheitern und dieses Ringen um die gegenseitige Zuneigung.

Wie müde sie eigentlich war, hatte er erst ziemlich spät bemerkt. Ob es letztendlich Schwäche gewesen war oder die Hoffnung, etwas Besseres zu finden, erfuhr er nie.

Vielleicht hatte sie sich auch einfach nach etwas Ruhe gesehnt, dachte sie, als sie ihn neben sich seufzen hörte. Doch seltsamerweise musste sie sich erst von Bastian trennen, um sich bewusst zu werden, wie laut Stille sein konnte, wenn sie nicht durch schwere Schritte und ein tiefes Summen gelindert wurde. Oder wie seltsam eine Wohnung aussehen konnte, wenn nicht überall beschriebene Blätter und Zeitungsausschnitte herumlagen.

Beim Essen mit Kollegen langweilte sie sich. Wenn sie mit Freunden ausging, fühlte sie sich einsam und sehnte sich nach ihrer ungemütlichen, kalten Wohnung, die nicht so recht ihr Zuhause sein wollte. Vielleicht ging sie deshalb eines Abends mit einem anderen Anwalt aus der Kanzlei mit. Vielleicht. Sicherlich war das jedoch eine der lustlosesten und oberflächlichsten Affären ihres Lebens gewesen und von diesen hatte sie einige gehabt.

Beziehungen kamen ihr meistens sinnlos vor und Romantik erschien ihr regelrecht absurd. Die meisten ihrer Affären waren daran gescheitert, dass es letztendlich doch um mehr ging, als um ein paar unverbindliche Nächte und selbst das war ihr schon zu viel.

Bastian hatte eine Ausnahme dargestellt, vielleicht weil er so naiv und ehrlich gewirkt hatte, als sie sich kennenlernten. Auf eine seltsame Weise hatte sie das zugleich beeindruckt und gerührt. Vielleicht war es auch deshalb anders gewesen, weil sie sich mit ihm freier gefühlt hatte, als wenn sie alleine war.

Es hatte mehrere Wochen gedauert, bis sie nach der Trennung wieder den Mut hatte, sich bei ihm zu melden. Sie trafen sich in dem indischen Restaurant in der Nähe von ihrer Wohnung, doch eigentlich dauerte es nicht lange und sie lagen wieder bei ihr im Bett. Zuerst dachte sie, es wäre wieder wie früher. Jedenfalls bis sie am nächsten Morgen erwachten und er sie ansah wie eine Fremde.

Dann dieses groteske: „Ich kann's nicht Iola. Es tut mir leid."

Sie hatte dagesessen wie in Trance, als er sich anzog. Iola hatte gezittert und die Decke um sich gewickelt wie eine Zwangsjacke. Bevor er das Zimmer verließ, berührte Bastian kurz ihre Fußknöchel und hielt inne. Für einen Moment sah es so aus, als würde er etwas sagen wollen oder darauf warten, dass sie etwas sagte. Doch sie blieben beide stumm.

Monate und Jahre später hatte Iola sich oft gefragt, ob es irgendetwas verändert hätte, wenn sie einfach nur ein „Bitte bleib!" zustande gebracht hätte. Warum hatte sie es eigentlich nicht getan? Sie wusste es nicht.

Über dieses Ereignis hatten sie beide geschwiegen, in stiller Übereinkunft, auch als sie sich Jahre später zufällig bei einer Absolventenfeier gesehen hatten. Sie hatten sich zugenickt und peinlich berührt an ihren Weingläsern genippt, während sich auf Bastians linker Wange ein roter Fleck ausbreitete, ähnlich wie dieses eine Mal, als sie ihn geschlagen hatte.

Im Halbdunkel hob sie ihre Hand und strich über diese Stelle, als würde sie das sagen, was sie nie aussprechen konnte: „Es tut mir leid, Bastian. Alles tut mir so leid."

Doch Bastian lächelte nur und zog sacht an einer ihrer Haarsträhnen.

„Tja wir sind kein bisschen vernünftiger geworden. Dabei dachte ich, Lebenserfahrung lässt einen weiser werden."

Iola lachte, denn an die sogenannte Altersweisheit glaubte sie schon lange nicht mehr. Überhaupt war das Leben jenseits der vierzig nicht annähernd so, wie es immer in den Filmen beschrieben wurde: Dass man sich unattraktiver fühlte, weniger Verabredungen hatte und gesellschaftlich als alte Jungfer gehandelt wurde. An Verabredungen mangelte es ihr jedenfalls nicht, sie benötigte nicht einmal ein Profil bei Tinder, um jeden Freitagabend nicht zu Hause bleiben zu müssen, und wenn sie in den Spiegel sah, empfand sie sich attraktiver, als ihr zwanzigjähriges Ich.

Womit sie allerdings nicht gerechnet hätte, war der allmähliche, aber konstante Verfall ihres alten Freundeskreises. Dieser eingeschworene Kreis aus impulsiven Menschen, die den Moment gelebt hatten, wurde zu einer Verschwörung von Familien, welche ihren Vorgarten pflegten und zu Elternabenden statt auf Kneipentouren gingen.

Alex hatte Lotte geheiratet und mit ihr zwei Söhne bekommen, Felix und Juliane besuchten eifrig Geburtsvorbereitungskurse und sie selbst saß schweigend und an ihrem Whiskeyglas nippend daneben, wenn sie davon erzählten. Vielleicht lag es am Trinken, am Rauchen oder auch an ihren Lederstiefeln, aber irgendwann luden Felix und Juliane sie nicht mehr zu sich ein und ließen nur noch Grüße über Alex und Lotte ausrichten. Wahrscheinlich hielten die beiden sie für ein zu schlechtes Vorbild für zukünftigen Nachwuchs, aber das störte sie nicht. Dennoch bedauerte sie etwas das Ende dieser Freundschaft, da jedes Treffen in ihr ein Gefühl der Dankbarkeit ausgelöst hatte. Dankbarkeit über ihre ruhige, schöne Wohnung ohne herumliegendes Kinderspielzeug, Dankbarkeit darüber, nicht mit dem Rauchen aufhören zu müssen, und darüber, dass sie jeden Abend nach Hause kommen konnte, wann sie wollte. Ein herrlich entspanntes Leben, von welchem sie den beiden sowieso schon lange nichts mehr erzählt hatte, da sie Felix' unsichere Miene und Julianes missbilligendes Lachen regelrecht anekelte.

Alex' und Lottes junge Familie war zwar sehr viel liberaler, doch immer, wenn Iola dort war, hatte sie das Gefühl, in ihren Gesichtern so etwas wie Mitleid zu lesen. Dass die beiden glücklich waren, konnte man an allem erkennen, was sie taten oder wie sie ihre Kinder ansahen. Anders als bei Juliane und Felix konnte sie den beiden sehr wohl aus ihrem Leben erzählen, doch dann kam es ihr banal und dumm vor, wenn sie bei ihnen am Tisch saß und auf Jonas' erste Kinderbilder an der Wand blickte. Sie hingen dort wie mahnende Zeitzeugnisse und wie eine Erinnerung an die Vergänglichkeit der Dinge.

Manchmal weinte sie ein bisschen im Auto, wenn sie wieder zurück nach Hause fuhr, und wischte ärgerlich die Tränen weg, wenn sie vor ihrem Haus parkte, weil sie sich selbst nicht begreifen konnte. Meistens legte sie sich dann ins Bett mit einem Glas Wein und sah sich ihre Lieblingsserie über einen Schriftsteller an, der viele schöne Frauen hatte, jährlich ein Meisterwerk veröffentlichte und guten Tabak zu schätzen wusste. Wenn die Serie zu Ende war, lag sie manchmal mit offenen Augen im Bett und drehte die Musik auf, um nicht das Ehepaar in der Wohnung neben sich zu hören. Vor ein paar Jahren hätte sie das lustig gefunden, doch in diesen Zeiten hätte sie sich eher die Ohren versiegelt, als freiwillig zuzuhören.

Es zählte mit zu den Veränderungen an ihr selbst, die ihr manchmal suspekt waren. Sie konnte sich nicht daran erinnern, je besonderes Interesse an fremden Menschen gezeigt zu haben. Inzwischen ertappte Iola sich dabei, wie sie Andere beobachtete. Früher hatte sie in der Straßenbahn meistens gelesen, inzwischen las sie in den Gesichtern der anderen Passagiere und stellte sich deren Leben vor. Es war lächerlich.

Sie begann zu lachen, obwohl sie eigentlich zu müde dafür war.

„Warum lachst du, Iola?", fragte er, aber sie antwortete nicht mehr.

Iola erwachte wie so oft kurz nach der Morgendämmerung. Einen Moment lang fragte sie sich, wo sie war und wer er war. Die Erinnerung vertrieb jegliche Müdigkeit aus ihren Beinen. Sie stand auf und ging eine Runde im Zimmer auf und ab. Bastian schlief weiter.

Schon zu ihren früheren Zeiten hatte ihn fast nichts aufwecken können. Er sah ziemlich jung aus, wie er mit offenem Mund dalag. Hatte er das zu ihrer Zeit auch schon getan?

Sie lehnte sich an die Wand des Zimmers und atmete tief ein und aus. Dabei starrte sie angespannt an die Zimmerdecke, als befürchtete sie, jene würde herabstürzen und sie beide erschlagen. Iola schloss die Augen und versuchte ihr klopfendes Herz zu beruhigen. Dann ließ sie sich langsam zu Boden sinken, kroch wie eine Schlange unter das Bett und suchte nach ihren Kleidungsstücken. Vorsichtig hob sie ihren Kopf über die Bettkante, aber Bastian hatte sich nicht bewegt. Möglichst leise schlüpfte sie in ihr Kleid und zog den Reißverschluss ihrer Stiefel zu. Als sie die Zimmertür hinter sich zuzog, hörte sie draußen einen Zug vorbeifahren. Die Tasche stand noch genau dort im Flur, wo Iola sie am vorigen Nachmittag abgestellt hatte. Sie hatte den Türknauf schon in der Hand, als sie seine Stimme hörte.

„Wohin gehst du, Iola?"

Sie seufzte und drehte sich langsam auf der Türschwelle um. Bastian hatte sich nichts übergezogen, sondern stand nackt vor ihr, als sei sein gealterter, aber immer noch schöner Körper ihre Zielscheibe. Er hielt inne, so als überlege er, welche Worte sie aufhalten könnten.

Bastian hätte von der Angst sprechen können oder von der Einsamkeit. Er hätte sie beschuldigen können oder ihr ein schlechtes Gewissen machen können. Nichts davon tat er. Stattdessen ging er drei Schritte über den Flur, hielt Iolas Arm fest und sagte nur: „Bitte bleib."

Galerie

Wegner stand auf der einen Seite des Raumes neben einer der Plexiglasskulpturen auf dem Podest, in der Hand einen Drink. Vermutlich hatte er den Gin wieder durch Wasser ausgetauscht, als Galerist trank er selten viel auf den Vernissagen.

Kaczmareks Augen schlossen sich. Er stellte sich vor, wie zuerst das Glas in Wegners Hand, dann die Fenster über den Köpfen aller Menschen im Raum zerbersten und seine Schuhe die Scherben zermalmen würden. Er würde Wegner an seiner ekelhaften Seidenkrawatte in sein Büro ziehen, um ihn auf einen der Papierstapel zu werfen. Wegners Flehen, sein Gestammel und schließlich das Cuttermesser: erst leicht schabend, schließlich ein Ruck durch Haut und Fleisch und ein leichtes Kratzen an den Knochen.

Kaczmarek atmete durch und öffnete die Augen erneut. Vielleicht war doch etwas Gin in dem Glas, Wegners Wangen waren ungewöhnlich rot. Neben ihm stand der Künstler und hielt vor einer Gruppe Bewunderern eine kleine Rede.

Der Künstler sah interessant aus, wenn auch nicht sympathisch, eher anämisch. Seine Haut war blass. Sie hob sich von seinem schwarzen Hemd und seinen dunklen Locken mit grauen Strähnen ab und leuchtete in dem warmen Licht wie eine Totenmaske aus Gips.

Unter den Bewunderern waren einige junge Frauen, vor allem eine von ihnen schien sich in den Vordergrund zu drängen. Sie sah aus wie aus einem erotischen Traum: glänzend schwarzes Haar, rot geschminkte Lippen und ein enges Kleid, aber der Künstler sah eher an ihr vorbei, fast gelangweilt. Ich bin ein dankbarer Zuhörer, dachte Kaczmarek, komm doch her zu mir. Ich kann dir gerne etwas von Trends in der Szene erzählen – oder auch nicht.

Er rieb sich die Schläfen. Die letzten Tage waren ein einziger Albtraum gewesen: schlaflos, nervenaufreibend, unbefriedigend. Entwürfe für die Flyer, diese verwerfen. Telefonate. Geschrei. Ein Besuch von Wegners Frau, sie wirkte immer ziemlich freundlich. Sie konnte ja nichts dafür. Dann wieder Wegner selbst, unausstehlich und widerlich wie üblich, klug klingenden Stuss erzählend.

Dafür habe ich nicht meine Stelle an der Universität aufgegeben, dachte er, dafür habe ich auch nicht fünf Jahre studiert.

„Sie haben Potenzial", hatte sein Professor damals gesagt, aber irgendwann war das Kaczmarek nicht mehr genug gewesen.

„Ist das Ihr Ernst", hatte Wegner am Tag zuvor gefragt, „das ist alles, was sie zu bieten haben?"

Kaczmarek stellte sich Wegners Smoking vor oder eher das, was davon übrig sein könnte: ein paar Fetzen aus schwarzem Stoff. Es brachte ihn ein wenig zum Lächeln, ebenso wie die Vorstellung von den blutgetränkten Flyern der Galerie.

„Jetzt siehst du, was ich zu bieten habe, du Arschloch", hallte seine eigene Stimme in seinem Kopf wider, „Ja, ich kann durchaus viel mehr als deine Termine regeln und deine Mails beantworten. Flehst du? Vergiss es."

„Kamarek?"

Kaczmarek atmete kurz aus. Wegner würde es wohl niemals lernen, seinen Namen richtig auszusprechen.

„Ja", antwortete er freundlich.

„Holen Sie noch einmal die Broschüre von der Untermann Galerie, ich brauche sie."

„Natürlich, Herr Wegner. Ist sofort da", sagte Kaczmarek und lief davon.

Er sah, wie viel Mühe sie sich gegeben hatte, es war fast schon ein wenig übertrieben. Die Absätze waren zu hoch, wahrscheinlich schmerzten ihre Füße und das Kleid war für ihre Verhältnisse ziemlich tief ausgeschnitten. Karin hatte eine Stunde gebraucht, bis sie fertig gewesen war. In der Dusche hatte sie sich viel Zeit gelassen, dabei stand die Tür des Badezimmers offen, obwohl sie genau wusste, wie empfindlich der Rauchmelder war.

Im Spiegel, der im Flur hing, hatte Wegner ihren Umriss erkennen können: ihre Haltung gewollt verführerisch, tatsächlich sah es aber eher ungeduldig aus, so als sehne sie sich danach, er würde den Vorhang beiseite reißen und sie sich endlich nehmen. Doch er hatte in Ruhe seinen Espresso ausgetrunken und war zurück in sein Arbeitszimmer gegangen, bis seine Frau fertig war.

Eines musste man ihr lassen: Sie war schon ziemlich überzeugend. Es gab Tage, an denen sie sich besonders jung und fast ein wenig trotzig gab, wenn sie ihre immer kürzeren Kleider trug und mehr als gewöhnlich lachte.

Aber es gab auch andere Tage. Dann stand sie meistens vor dem Spiegel und suchte nach Querfalten auf der Stirn oder nach grauen Strähnen in ihrem blonden Haar.

Meistens konnte Wegner genau sagen, welcher Stimmung Karin in einem bestimmten Moment unterworfen war, doch an diesem Abend war er sich nicht sicher.

Sie betraten die Galerie. Es entging ihm nicht, dass viele seine Frau anschauten – alle bis auf ihn selbst. Er begrüßte Kollegen, Besucher, die er gut kannte, redete mit Alexander, dem Künstler, und rief seinen dummen Assistenten, dessen Augen wieder einmal eigenartig ins Nirgendwo starrten. Karin bat ihn, ihr ein Glas Wein zu holen.

„Hol es dir selbst", sagte Wegner, „da drüben ist auch ein Büffet, wenn du etwas essen magst."

„Nein, ich hatte vorhin schon etwas."

„Ach wirklich, aber na ja, du findest dich schon zurecht."

Er sah ihr nach, wie sie davonging: Der Kopf war leicht gesenkt und die erwartende Haltung in sich zusammengefallen. Da sie ihn nicht sehen konnte, genoss Wegner kurz die Sicht auf ihren Rückenausschnitt und ihre langen Beine, bevor er sich wieder seinem Assistenten zuwandte.

„Herr Wegner, die von der Zeitung haben sich eben gemeldet, wir haben wohl den Anruf verpasst."

„Kamarek, ich rufe sie später zurück, aber jetzt gerade bin ich beschäftigt, das sehen Sie doch. Und jetzt kommen Sie nicht alle fünf Minuten wegen jeder Kleinigkeit angerannt, das ist ja nicht zum Aushalten."

„Ja", der Assistent nickte und bemühte sich um ein freundliches Lächeln. Als er an ihm vorbeilief, traf ihn jedoch kurz sein hasserfüllter Blick.

Ja, hasse im Stillen und leide alleine, Wegner grinste, dich kann man ebenso wenig aushalten wie deinen bescheuerten tschechischen Nachnamen. Oder war das die Slowakei? Ach egal.

Der Künstler wandte sich ihm zu.

„Warum haben Sie ausgerechnet diesem Bild den Ehrenplatz gegeben?"

„Ich finde es kommt dort sehr gut zur Geltung. Gefällt Ihnen das Arrangement nicht, Alexander?"

„Ich habe es gemalt. Aber ich muss sagen, es ist eines meiner schlechteren Werke, Herr Wegner. Deshalb wundere ich mich, warum nicht ein anderes den besseren Platz gekriegt hat."

„Das... das ist bestimmt nicht ihr Ernst", Wegner gab seiner Stimme einen leicht empörten Ton, doch es klang gekünstelt, „alle Werke dieser Ausstellung sind wundervoll."

„Nein, das finde ich nicht. Es ist auf jeden Fall eine interessante Sache, fast alle meine Werke in einer Ausstellung zu sehen, sonst hätte ich auch nicht mitgemacht. Aber dieses Bild ist zu einfach, viel zu nachlässig. Und die Plastik... na ja, da hatte ich eben meine Plexiglasphase. Wenn Sie mich fragen, ist das nichts Besonderes. Niemand würde das anschauen, wenn es nicht von mir wäre."

„Es sind nun einmal ihre Werke. Und Sie, Sie sind eben ein großer Teil der Ausstellung. All das wäre ohne ihre besondere Persönlichkeit nicht so interessant."

„Meine besondere Persönlichkeit, Herr Wegner? Ich bin ein Arschloch. Vielleicht falle ich damit auf, aber außergewöhnlich macht mich das trotzdem nicht."

Alexander holte sich ein Glas Rotwein und ließ Herr Wegner stehen. Er mochte den Galeristen nicht, weder seine penible Frisur, noch sein eigenartiges Grinsen. Das wunderte ihn nicht, er bezweifelte, dass er irgendjemanden in diesem Raum mochte.

Die junge Frau von eben stellte sich ihm wieder in den Weg und begann ihn auszufragen. Es sah obszön aus, wie sie ihm Fragen stellte und dabei nicht aufhören wollte, sich das schwarze Haar aus der Stirn zu streichen oder ihr Kleid zurecht zu zupfen, als ob nicht schon genug von ihren Brüsten zu sehen gewesen wäre.

Er wollte nicht auf ihren Körper schauen. Nicht schon wieder, dachte er. Ständig verwendete sie das Wort intensiv, wenn sie expressiv meinte und sprach es auch noch aus wie etwas zutiefst Verruchtes.

Er wollte diese Frau wirklich nicht ansehen. Sie leckte sich die Lippen, eigentlich sah es eher aus wie ein Zähnefletschen.

Alexander sah weg und dachte an Jana, wie sie auf ihn gewartet hatte, als er Zweifel hatte und wie sie auch an diesem Abend auf ihn wartete, in seiner Wohnung, vermutlich auf dem Sofa, welches ihr nicht gehörte und sich seine alte DVD-Sammlung ansah.

Er beobachtete die Besucherinnen, Frauen Anfang vierzig, fast jede von ihnen mit stark gefärbtem Haar und diesen seltsamen Gesichtern, welche weder jung noch alt aussahen: auf eine komische Weise zeitlos, erstarrt in bizarrer Hässlichkeit. Alexander verzog das Gesicht. Er hatte vor zwei Monaten seinen achtunddreißigsten Geburtstag gefeiert, ein Alter, mit dem er leben konnte, er hätte sich jedoch wirklich alt gefühlt, wenn er mit einer dieser Frauen ausgegangen wäre.

Jana war einundzwanzig, ihr Gesicht hatte noch keine Falten.

„Und wenn du eines Tages welche haben solltest", hatte er zu ihr gesagt, „bringe ich denjenigen um, der sich deinem Gesicht mit einer Spritze nähert."

Sie hatte nur gelacht.

„Keine Sorge, Alexander, mein Gesicht bleibt immer unberührt. Ich schminke mich ja nicht einmal."

„Sehr gut, dein Gesicht liebe ich nämlich am meisten."

Jana hatte nur gelacht, doch er fragte sich, ob sie wirklich verstand, was er meinte. Alexander konnte sich kaum daran sattsehen: an den breiten Augenbrauen, ihren Sommersprossen, ihrem Haar, welches weder blond, noch braun, noch rot war, sondern irgendeine Farbe dazwischen, die er nicht benennen konnte. Ein Bild, an dem nichts aufdringlich oder bedrohlich war. Vermutlich nahm sie seine Besessenheit von ihrem Gesicht nicht mehr ernst, er hatte es wohl zu oft erwähnt.

„Weißt du, dass dein Gesicht in einem Schwarz-Weiß-Film extrem gut aussehen würde?", war das Erste gewesen, was er sie gefragt hatte.

Jana hatte zu diesem Zeitpunkt in einem Café gearbeitet und seinen Namen nie zuvor gehört, eine Sache, die ihm sympathisch war und ihn zugleich verärgerte. Alexander war immer häufiger in das Café gegangen, hatte Werkskizzen und sogar einen Artikel über ihn aus einem Künstlermagazin beiläufig auf dem Tisch platziert, doch sie hatte ihm immer nur freundlich lächelnd seinen Cappuccino serviert und sich umgedreht, ohne ihm eine Frage zu stellen.

Er hatte sich daran gewöhnt, dass die Frauen ihn ansprachen, aber Jana tat das nicht. Erst bei seinem fünften Besuch richtete er das erste Wort an sie, welches nichts mit seiner Bestellung zu tun hatte. Auf seinen Schwarz-Weiß-Kommentar hatte das Mädchen nichts geantwortet, trotzdem konnte Alexander sehen, dass sie lächelte, als sie zur Theke zurücklief. An diesem Tag wartete er, bis ihre Schicht vorüber war und bot ihr an, sie zum Abendessen einzuladen.

Ihm gefiel der Anblick, wie sie sich mit Spaghetti vollstopfte und Wein wie Wasser trank.

„Du bist ja gierig", hatte er gelacht und hatte nicht gewusst, warum sie ihn rührte und zugleich belustigte.

„Ich esse eben gerne, das solltest du auch tun, du bist doch so dünn."

Alexander mochte diesen Kommentar nicht, weil er ihn an seine Mutter erinnerte.

„Die Spaghetti sind überraschend gut, aber ich kriege das besser hin", Jana hatte selbstbewusst gelächelt.

„Ist das so?", hatte er gefragt.

„Auf jeden Fall. Ich koche für mein Leben gerne. Irgendwann habe ich mein eigenes Café, darauf freue ich mich."

„Wer weiß?"

„Nein, ich weiß es."

Ihre Stimme hatte ungewöhnlich bestimmt geklungen. An diesem Abend wusste er gar nicht, was er an dem Mädchen eigentlich so mochte. Sie war tollpatschig, ihre Füße schienen schneller zu gehen als ihr übriger Körper und ihre Stimme klang noch wie die eines Kindes. Dabei waren die Dinge, die sie sagte, alles andere als dumm; ihre Erscheinung tat ihr Unrecht. Vielleicht blieb er deshalb am nächsten Morgen bei ihr und entschloss sich, sie wiederzusehen.

Ihr kleines Zimmer in der Nähe des Hamburger Bahnhofs hatte eine winzige Kochzeile gehabt und in ihr Bett passte sie selbst kaum hinein, dabei war das Mädchen nicht kräftig, nur sehr groß, sogar ein Stück größer als er, eine Tatsache, mit der sie ihn gerne ein wenig piesackte, wenn er sie zuvor verärgert hatte. Und sie war nicht sehr leicht zu verärgern, das hatte er festgestellt.

Dass er es nicht versucht hätte, konnte man jedenfalls nicht behaupten. Jana hatte meistens dabei gelacht, eigentlich schien sie immer entweder zu lachen oder zu weinen. Wenn sie keines von beidem tat, war es nie ein gutes Zeichen.

Er hatte sie zwei Mal gesehen. Diese Ausdruckslosigkeit, wie eine kahle, ausgebrannte Landschaft: Als sie den Anruf bekam, ihr Vater hätte einen Schlaganfall gehabt und als Alexander ihr gesagt hatte, sie sollten sich für eine Weile nicht sehen. Er hatte sich unter Druck gesetzt gefühlt, erpresst von ihren riesigen, braunen Augen, die ihn aufmerksam, manchmal belustigt, jedoch meistens liebevoll angesehen hatten.

„Du liebst mich nicht, oder?", hatte sie tonlos gefragt.

Ihre Unterlippe hatte dennoch gezittert. In diesem Moment sah sie so unfassbar jung aus, dass es ihn schockierte.

„Du hast dein Leben noch vor dir", hatte er sagen wollen, „aber ich habe die meisten meiner Entscheidungen längst getroffen. Bei mir gibt es nicht mehr allzu viel zu holen. Was findest du überhaupt an mir?"

Stattdessen hatte er gesagt: „Weißt du, wenn ich mich sehe, sehe ich jemanden mit Zielen. Und wenn ich dich anschaue, sehe ich ein Kind."

Kaum hatte Alexander das ausgesprochen, bereute er es, nicht nur weil er wusste, dass er gehässig und ungerecht zu ihr war, sondern weil ihn dieser Blick ängstigte und zugleich zornig machte. Er streckte seine rechte Hand aus, ließ sie über ihr Haar gleiten, ohne dabei wirklich ihren Kopf zu berühren. Jana drehte das Gesicht weg.

„Geh weg, lass mich in Ruhe. Bitte. Hör auf."

Alexander wusste nicht, warum er nicht einfach schweigen oder zumindest ihren Arm loslassen konnte. Stattdessen redete er weiter, als hätte seine Sprache sich verselbstständigt und stellte sich ihr in den Weg, als das Mädchen sich abwenden wollte.

„Du hast gewusst, dass wir nicht ewig zusammen bleiben können. Ich habe es dir gesagt, was machst du mir also für einen Vorwurf?"

Sie hatte nicht geweint, nicht einmal als sie an der Haltestelle standen und auf ihren Bus warteten.

„Wirst du klarkommen?", hatte er irgendwann seinen Redefluss unterbrochen.

„Ich denke schon", sagte sie, „das habe ich schon immer getan, warum nicht auch jetzt? Du musst nicht mit mir zusammen warten. Geh nach Hause oder sonst irgendwohin, ich will alleine sein."

Als er wieder in seiner Wohnung stand, hatte er all ihre Sachen in eine Kiste gepackt: kleine Geschenke von ihr, ein T-Shirt und das Kochbuch, welches sie ihm ausgeliehen hatte. Er ertrug es nicht, sie weiterhin herumliegen zu sehen, aber er wollte sie Jana auch nicht wiedergeben, weil er dann das Gefühl gehabt hätte, nicht mehr den Beweis dafür zu haben, dass diese Geschichte nicht nur ein seltsamer Traum gewesen war. Die Kiste hatte unter seinem Bett gestanden, gut geschützt, auch wenn sie die meiste Zeit außerhalb seiner Sichtweite lag.

Kaczmarek stand neben dem Büffet und reichte Wegners Frau ein Weinglas.

„Die Ausstellung ist gut geworden", ihre Augen wanderten die Wände empor.

„Haben Sie es zuvor noch nicht gesehen?"

„Nein", sie nahm einen Schluck, „ich hatte im Büro viel zu tun und sechs Wochen gehen schneller herum, als man manchmal denkt."

„Sie sehen gut aus."

„Ach wirklich", die Frau des Galeristen sah an sich herunter, „danke, ich dachte zuerst, die Farbe des Kleides würde mich blass machen."

„Nein, auf keinen Fall. Es war gegen En-de ein ziemlicher Zeitdruck", bemerkte er, „möchten Sie ein paar Käsewürfel?"

„Nein, lieber nicht, danke."

„Gefällt Ihnen die Kunst?"

„Also sagen Sie das nicht meinem Mann, aber es geht."

Er lachte.

„Und warum ist das so?"

„Ich finde es nicht geschmacklos oder gescheitert, aber auch nicht besonders."

„Ich weiß, was Sie meinen."

„Mein Mann meint oft, ich sei keine Fachfrau und könne es daher nicht beurteilen. Denken Sie, das stimmt? Muss man Kunst studiert haben, um das zu verstehen? Ich denke nicht. Das hier", sie wies auf die umliegenden Bilder, „das kommt mir wie etwas vor, was ich schon oft gesehen habe. Keine Individualität. So wie diese Häuser, die jetzt in jeder Stadt, in jedem Land gebaut werden. Wie lange können wir den Anblick von weißen Würfeln auf einem gepflegten Rasenstück noch ertragen? Jede schmucklo-se Einrichtung in schwarz-weiß? Irgendwann wird es langweilig und eintönig und wenn der Stil international ist und schön schlicht, nicht geschmacklos, egal, trotzdem reizt es mich nicht. Es stößt mich nicht ab, nur gefällt es mir einfach nicht."

„Was macht ihr Krankenhausprojekt?"

Sie stöhnte gespielt. „Erinnern Sie mich nicht daran, Kamarik, es ist ein absoluter Albtraum. Ich kann vermutlich erst wieder ruhig schlafen, wenn es beendet ist."

„Das sieht man Ihnen aber nicht an." Sie schenkte ihm ein dankbares Lächeln.

„Könnten Sie mir vielleicht noch ein Glas Wein organisieren?"

„Natürlich. Wie Sie wünschen."

Wegner warf einen Blick auf die Skulpturen, um die sich ein paar Kunststudentinnen gruppierten. Einige von ihnen schielten zum Künstler herüber. Die Schwarzhaarige hatte es zuvor schon versucht.

Was fanden die Frauen nur an ihm? Alexander war kein gut aussehender Mann, nicht abstoßend, eher auf eine ästhetische Art und Weise hässlich, so wie auch viele seiner Photographien. Vielleicht lag es an der Kleinen, die er einmal in die Galerie mitgebracht hatte. Wegner war zugegebenermaßen ziemlich überrascht gewesen. Er hatte eine glamouröse Frau erwartet, eine exzentrische Künstlerschlampe oder was auch immer. Jedenfalls hatte er nicht damit gerechnet, ein achtzehnjähriges, oder wenn man großzügig schätzte, vielleicht zwanzigjähriges Mädchen kennenzulernen, welches noch aussah wie eine Schülerin und mit dieser Stimme sprach, die er nicht beschreiben konnte, jedes Wort erschien ihm zu ernsthaft. Vielleicht hatte sie ein hübsches Gesicht, doch ihre Erscheinung war insgesamt so zahm, so unscheinbar, dass er es einfach nicht verstehen konnte, wie der Künstler und sie wohl zueinander gefunden hatten – möglicherweise auf dem Schulhof?

Er bedauerte kurz, dass Karin das Mädchen nicht gesehen hatte. Ihre Kommentare hätte ihm bestimmt eine Menge Spaß gemacht.

„Ihre Augenbrauen sind zu breit. Und ihre Fingernägel sehen scheußlich aus. Wie kommt er nur dazu, mit so einem Mädchen zusammenzuleben? Ist sie von zuhause ausgezogen und vermisst ihren Vater?"

Er lächelte kaum merklich. Ah, neurotische, gehässige Karin. Wegner erinnerte sich an ihren zehnten Hochzeitstag. Sie waren essen gegangen und hatten über alles Mögliche geredet, über ihre Arbeit, seine Ausstellungen. Nur nicht über sich selbst. Die einzige Ausnahme: eine ehrliche Frage.

„Warum bist du noch mit mir verheiratet?"

Er hatte von seinem Gericht aufgeschaut, nicht verwundert, eher verärgert.

„Warum diese Frage? Gibt es ein Problem?"

„Nein...", Karin hatte ein wenig zu lange an ihrem Brötchen geknabbert, „ich frage mich nur. Wir haben keine Kinder und es gibt andere Frauen, die du triffst. Ich lerne auch andere Leute kennen. Wir wohnen zusammen, aber letztendlich ist doch jeder sehr mit seinen eigenen Dingen beschäftigt."

„Ich denke, weil du nicht irgendeine Frau bist", hatte er geantwortet, „die anderen, vielleicht sind sie hübsch und nicht dumm, nur bist du eben meine Frau, ich kenne dich."

Sie hatte genickt.

„Oder stimmt irgendetwas nicht? Bist du nicht zufrieden?"

„Nein", sie hatte das Brötchen wieder auf den Teller gelegt, „es fehlt uns ja an nichts."

Kurz darauf hatte Karin leicht ärgerlich ihren Kopf geschüttelt, als wollte sie den Gedanken vertreiben wie eine lästige Fliege. Wegner hatte weiter so dagesessen und sie beobachtet.

Die richtige Antwort wäre natürlich gewesen, er liebe sie noch immer und wolle keine andere Frau, sie sei die beste von allen und so weiter. Unsinn.

Sie war nicht die beste, es gab einige, die waren jünger als sie, klüger als sie und attraktiver als sie. Und manchmal holte er sich eine andere, jedoch immer nur kurz, kein Seitensprung, eher ein kleiner Griff zur Seite. Karin wusste das, er glaubte nicht, dass es ihr egal war, aber sie lebte gut damit. Bestimmt hatte sie es auch schon mehr als nur einmal getan. Sie sprachen nicht darüber, wenn sie es nicht mussten. Es war ihr offenes Geheimnis, ebenso wie die Annahme, dass sie immer wieder zueinander zurückkehren würden. Und warum das?

Weil ich deine Hässlichkeit mag, Karin, dachte er. Bei den anderen Frauen fokussiere ich mich auf ihre Schönheit, vielleicht auch auf kluge Dinge, die sie sagen, ihre Hässlichkeit kann ich aber nie schätzen. Damit will ich nicht sagen, dass du nicht gut aussiehst, dein Körper und dein Gesicht können sich sehen lassen. Nein du bist anders. Es gefällt mir, wenn du gleichgültig bist. Wenn du wütend bist. Gehässig. Voller Abscheu. Denn dann, meine geliebte Frau, bist du wirklich hässlich, so perfekt deine Gesichtszüge auch sein mögen und glaube mir, ich liebe es vor allem, wenn du hässlich bist. Dann kann ich nicht genug von dir haben. Wobei, weißt du, was mir noch mehr Spaß macht? Dich warten zu lassen, immer länger, bis du nicht mehr anders kannst, als mich zu wollen. Na los, drehe deine Runden, ich warte. Ich warte, bis du durchdrehst.

Alexander nahm noch einen Schluck Wein, als er an seine Trennung von Jana dachte. Er erinnerte sich nicht gerne an diese Zeit, es war kein Bedauern, wenn er zurückschaute, eher ein Gefühl der Anspannung und tiefster Unruhe. Wie einst sein zwanzigjähriges Ich hatte er wieder begonnen, vor Freunden zu predigen, Polygamie sei vielleicht gescheitert, Beziehungen dagegen einfach nur Selbstbetrug.

Meistens dauerte es nicht lange, bis Alexander wieder ein paar Frauen ins Bett bekam. Er gab ihnen einfach das, was sie haben wollten: den einsamen, zugleich einfühlsamen Mann, der nur für seine Kunst lebte und ansonsten sein Leben verpasste. Wenn er dann noch davon sprach, er müsse das Leben mehr genießen, jeden Augenblick wie den letzten leben und so weiter, lief es perfekt.

Diese Frauen waren sehr jung, aber nicht so jung wie Jana. Meistens waren sie zu unerfahren, um zu verstehen, worüber er sprach. Dennoch waren sie zu alt, als dass er sich in ihrer Gegenwart hätte entspannen können.

Anstrengender als der Flirt davor war der Smalltalk danach. Vielleicht gehörte es dazu, trotzdem war es merkwürdig, wie sie alle nackt auf seinem Bett lagen, ihm Fragen stellten und offenbarten, dass sie im Grunde nichts von ihm wussten. Am liebsten wäre es ihm gewesen, sie hätten einfach geschwiegen und die frühste Bahn genommen, aber das taten sie nie.

Alexander beantwortete ihre Fragen, teilweise aus Höflichkeit, teilweise auch, weil er hoffte, es würde weitere Male geben, was fast immer geschah.

Die seltsamste Nacht verbrachte er mit dieser jungen Journalistin von einem Künstlermagazin, ihr Name war Julia – oder war es Giuliana? Er wusste es nicht mehr genau. Es hatte begonnen mit einem Interview, nur hatte sie ihre Fragen so gestellt, dass er nicht auf die Idee gekommen wäre, sie interessiere sich für seine Kunst.

„Willst du mich nicht woanders interviewen?", hatte Alexander sie unterbrochen.

Die Journalistin war zuerst überrascht gewesen, dass er aufhörte, sie zu siezen, hatte aber sofort eingewilligt und lasziv dabei gelächelt. Er hatte ihnen ein Taxi herbeigewinkt, was sie als Einladung verstand. Es war verblüffend, wie wenig sie sich daran störte, dass der Fahrer ihnen im Rückspiegel zusehen konnte, als sie begann sich unter ihrem Mantel auszuziehen und ihm ihre Unterwäsche in die Hand drückte. Vielleicht war der Fahrer für sie einfach nicht anwesend, trotzdem kam er nicht umhin, den Blick der Augen im Rückspiegel aufzufangen und sich schuldig zu fühlen.

Alexander hatte sich oft gefragt, warum der Fahrer sie nicht einfach hinausgeworfen hatte. War es Gleichgültigkeit oder Faszination gegenüber der Rolle des Beobachters, in die sie ihn gezwungen hatten? Noch schlimmer wurde es, als sie sich hinunterbückte und ihr Oberkörper ihn nicht mehr verdeckte, nicht einmal ein wenig.

Er sah aus dem Fenster, bis sie damit fertig war. Oft hatte er sich gefragt, warum er sie nicht gebeten hatte, damit aufzuhören, solange sie noch im Taxi saßen, doch er fühlte sich wie gelähmt, absolut unfähig das, was sie tat, zu genießen oder sie wegzuschieben.

Stattdessen blieb da nur ein seltsames Gefühl, als er den Fahrer bezahlte und sie in seine Wohnung mitnahm. Während sie nebeneinander im Aufzug standen, sprach Alexander nicht, sondern musterte sie vorsichtig von der Seite. Langsam, wie in Zeitlupe, drehte sie sich zu ihm um und das grelle Licht wanderte über ihr Gesicht, beleuchtete abwechselnd ihr dick aufgetragenes Make-up, die Schatten unter ihren Augen, das spitze Kinn.

Er zuckte kurz zusammen, denn für einen Moment war ihm so, als hätte er in ihren Augen einen Ausdruck entdeckt, der ihm nicht gefiel. Der Aufzug kam mit dem leisen Glockenton zum Stehen, über den sich Jana oft lustig gemacht hatte. Als sie sein Schlafzimmer betrat, schluckte sie eine Pille und bot ihm wortlos auch eine an. Es war ein Fehler gewesen. Bis heute wusste Alexander nicht, welche Erinnerungen an diese Nacht nun der Wahrheit entsprachen: Es kam ihm vor wie eine Fusion aus einem schlechten Trip und einem eskalierten erotischen Traum.

Flackerndes Licht, ihr Gesicht fast grünlich, dabei hing es verkehrt herum, das Make-up verwischt, darunter – oder war es darüber – ihre enormen Brüste hin- und herschwingend, so heftig, dass er befürchtete, davon erschlagen zu werden. Ihr verwildertes Haar stach ihm in die Augen, reizte seine Haut, er wollte es beiseiteschieben, doch es schien fest an seinem Körper zu haften. Sie küsste ihn nicht, sie biss ihn eher, sodass er am nächsten Tag rote Flecken und kleine Blutergüsse auf seiner Haut fand. Es waren keine wirklichen Schmerzen, aber es war auf eine seltsame Art und Weise beklemmend, regelrecht bedrohlich, weswegen er nur schwieg und ihre Küsse nicht erwiderte.

„Was ist los?", fragte sie, es klang aggressiv, „hast du ein Problem oder so was?"

Alexander kam sich lächerlich vor, dann wurde er wütend, hielt sie deshalb fester, als er es üblicherweise tat, drehte sie wortlos um, stieg über sie. Es sah eigenartig aus, wie sie sich verrenkte, ihr Kopf schien aus den Schulterblättern zu wachsen, ihre Hüfte verdeckte ihr Taille, sie zuckte wie ein epileptisches Tier. Ihr Grinsen – es sah nicht erregt aus, eher fanatisch – gefiel ihm nicht. Es dauerte länger als gewöhnlich. Fast war es so, als hätte sie sich dazu entschlossen, ihn noch ein paar Minuten länger zu quälen. Am Ende wollte Alexander sie nicht mehr ansehen, drehte den Kopf weg und wünschte sich, er würde sie nicht hören. Stattdessen sah er wieder zur Seite und erschrak, als er ihre Schuhe auf dem Boden sah.

Sie hatten den Fußboden zerkratzt. Er beschwerte sich nicht darüber, sondern ließ nur schwer atmend von ihr ab. Als er am nächsten Morgen erwachte, schlüpfte sie gerade in ihr Kleid. Ihre Haare waren gewaschen, das Make-up saß wieder.

„Ich muss los, ich habe dir auf dem Tisch meine Handynummer liegen lassen."

Sie sagte es über die Schulter, er sprach kein Wort, als sie die Tür hinter sich zuzog. Langsam war er in die Küche geschlurft, hatte sich einen Kaffee gekocht und war danach wieder ins Bett gegangen. Es kam selten vor, dass Alexander einen ganzen Tag lang nicht arbeitete, er zwang sich jeden Tag dazu, aus Angst antriebslos zu werden. An diesem Tag hatte er nur aus dem Fenster gestarrt. Das Telefon lag nutzlos in seiner Hand.

Er traute sich nicht, Jana anzurufen, er kam sich verunreinigt vor. Er stellte sie sich vor, wie sie im Café die Ablagen wischte, sanft, aber gründlich, oder wie sie mit einem der Gäste scherzte. Er sah die Begierde in den Augen der Männer. Er sah, wie sie das Mädchen anstarrten und verspürte Ekel.

Sie waren es alle nicht wert, so viel stand für ihn fest, keiner von ihnen, er selbst ebenso wenig, auch wenn er das vielleicht einmal gedacht hatte. Er meinte es ehrlich, als sie sich nach ein paar Wochen schließlich wiedersahen und er zu ihr sagte:

„Ich weiß, ich bin es nicht wert."

Ein Schlag gegen seine Schulter. Alexander drehte sich um. Wegners Frau stand vor ihm, in der einen Hand eine der Blumen, die ein Journalistenteam verteilt hatte, in der anderen Hand ein gekipptes Glas, zu ihren Füßen eine Lache Rotwein.

„Entschuldigen Sie, das tut mir schrecklich leid, ich habe Sie nicht gesehen."

„Das macht nichts, es ist nichts passiert. Geht es Ihnen gut?"

„Ja", sie nickte und sah an ihm vorbei, „ich glaube ich gehe jetzt besser. Vielleicht sollte ich nochmal zu mir ins Büro fahren."

„Sie sollten jetzt nicht mehr fahren."

„Ja, sie haben Recht, das wäre keine gute Idee."

„Frau Wegner, kommen Sie?", Kaczmarek zündete sich eine Zigarette an, als er vor der Galerie stand.

„Ja, warten Sie bitte kurz, ich hole noch kurz meine Jacke."

Er sah, dass sie zitterte, als sie sich etwas überzog.

„Gehen wir."

Wegners Frau machte kleine, schnelle Schritte, ihre Absätze klackerten über das Kopfsteinpflaster. Plötzlich gab sie einen seltsamen Laut von sich, es klang wie eine Mischung aus Erschrecken und Überraschen. Ihr Oberkörper schien nach vorne zu kippen.

„Was ist passiert?"

„Ich hänge fest."

Sie wies auf ihren Stilettoabsatz, der in einem Lüftungsschacht hing. Kaczmarek bot ihr seinen Arm, sie machte sich los.

„Danke sehr."

„Warum möchten Sie denn früher gehen?"

„Ich bin müde, einfach sehr müde. Könnten wir in meinem Büro vorbeifahren, ich wollte dort noch etwas holen?"

Sie rieb sich die Schläfen. Er schloss das Auto auf und ließ sich auf den Fahrersitz fallen.

„Geht es Ihnen gut", fragte er.

„Ja, ich denke schon."

Sie nahm auf dem Beifahrersitz Platz und zog ihr Kleid zurecht. Eine Viertelsekunde länger als gewöhnlich verharrte sein Blick auf dem Stück Oberschenkel, das zu sehen war, wanderte über ihren Bauch und ihre Brüste empor zu ihrem Gesicht.

„Dann fahre ich jetzt los", er startete den Motor.

„Öffnen Sie das Verdeck, Kamarik."

„Wie Sie wünschen."

Sie starrte streng geradeaus. Der Wind zog an ihrem Haar und am Kragen ihrer Jacke. Kaczmarek betrachtete sie ruhig von der Seite.

„Warum schauen Sie so wenig auf die Straße?"

„Sind Sie sicher, dass alles in Ordnung ist? Sie wirken ein bisschen..."

„Ein bisschen was?"

„Anders", er zuckte mit den Schultern.

„Kann schon sein", Wegners Frau betrachtete ihre Fingernägel, „ich wollte eben nicht mehr bleiben. Gerd ist ziemlich anstrengend in letzter Zeit und ich habe viel zu tun. Wissen Sie ein Mitarbeiter ist bei uns ausgefallen und... ich dachte mir, ich gehe heute Abend noch einmal ins Büro, auch mit ein paar Gläsern Wein intus, es macht mir nichts, aber die Verkehrspolizisten sehen das ja anders."

Sie wandte ihm kurz ihr Gesicht zu.

„Langweile ich Sie?"

„Nein, wieso denn?"

„Ich tendiere dazu, zu viel über mich zu sprechen."

„Wer wirft Ihnen das denn vor?"

„Nun, meistens mein Mann."

„Ach wirklich", er lachte.

„Ja eben", sie lachte ebenfalls, vielleicht ein wenig zu laut.

„Ich verstehe", er sah ihr direkt in die Augen und vermutete, sie würde sich abwenden.

Nur tat sie das nicht. Sie senkte leicht die Augenlider und spielte an den Verschlüssen ihrer sommerlichen Jacke herum. Kaczmarek fasste nach der Schaltung, streifte dabei ihre Hand, die nicht zurückwich. Seine linke Hand drehte leicht das Lenkrad, die rechte wanderte weiter über den Autositz und den kühlen Stoff ihres Kleides. Einen Moment lang dachte er, sie würde sie wegschieben. Doch sie rührte sich nicht. Seine Hand schob sich weiter über ihre angespannten Muskeln und griff zu. Sie schaute wieder nach vorne und sah ihn nicht an, aber die Anspannung fiel von ihr ab, als er erneut um die Ecke bog und das Lenkrad dabei nur antippte. Vor einer roten Ampel kamen sie zum Stehen.

„Nicht aufhören."

„Ich höre nicht auf."

Kaczmarek fuhr weiter, schneller als die anderen Autos. Ein paar Kreuzungen und sie erreichten die Garage, die unter dem Bürogebäude lag. Das Lenkrad ließ er kurz los und suchte nach der Fernbedienung. Es dauerte ein wenig länger als gedacht, bis er sie fand und den Knopf drückte. Die Zeit reichte nicht mehr aus. Weniger als einen halben Meter davor bremste er stark, das Auto stand schräg. Ihren Oberkörper warf es ein Stück nach vorne, sie zuckte zusammen.

„Da wären wir", er steuerte das Auto durch das Tor.

„Musst du wieder zurück, Kamar... ach verdammt, ich weiß gar nicht wie es richtig heißt. Ist das der Nachname?"

„Warum nennst du mich nicht einfach Mikolaj, das ist unkomplizierter. Eigentlich ist mein Nachname Kaczmarek, irgendwie tun sich alle schwer mit dem Namen."

„Kaczmarek, ist das russisch?"

„Nein, polnisch."

„Ach so."

Sie atmete etwas schwerer, ihre Gesichtsfarbe war rötlicher als zuvor, ansonsten sah sie nicht anders aus.

„Ich muss nicht zurück", er sah sie von der Seite an.

„Wirklich nicht? Er wird dich feuern."

„Vermutlich", er stieg aus, „komm lass uns reingehen. Oder willst du hier im Auto bleiben?"

„Nein", sagte sie leise, „will ich nicht."

Es waren nun eineinhalb Jahre seit dem Tag vergangen, als Alexander wieder vor Janas Tür gestanden hatte und sie um Verzeihung gebeten hatte. Sie hatte nichts darauf erwidert, nur geweint und ein bisschen gelacht. Danach trafen sie sich wieder, allerdings etwas zögerlich, so als erinnerten sie sich nicht mehr, an welcher Stelle sie aufgehört hatten. Sein Verschwinden hatte vieles zwischen ihnen verändert.

Es war dann Jana gewesen, die darauf bestanden hatte, nach dem Abendessen wieder zu sich zu fahren, ihre Freunde zu treffen, anstatt zu ihm zu gehen, oder ein paar Tage zu verbringen, ohne ihn gesehen zu haben.

Alexander ließ es ein paar Monate so geschehen. Eines Tages bat er sie, zu ihm zu ziehen. Seitdem hatte er sich daran gewöhnt, dass seine Küche zum Labor für ausgefallene Kreationen wurde und abends das Licht brannte, wenn er nach Hause kam. Alexander hatte sich an ihre leichten Fußabdrücke auf dem Teppich gewöhnt, ihr leises Summen, wenn sie die Wäsche in die Schränke einsortierte und sogar ihr Murmeln, wenn sie schlief.

„Warum schläfst du so leicht?", hatte er Jana einmal gefragt.

„Das habe ich immer schon getan. Früher konnte ich nie schlafen, wenn mein Vater abends laut wurde. Ich hatte immer Angst, es würde eskalieren, das ist auch ein paar Mal vorgefallen. Es war nie wirklich gefährlich, aber ein paar blaue Flecken hatte meine Mutter manchmal schon. Meistens hörte er auf, wenn ich ins Zimmer lief, er wollte dann wohl doch nicht, dass ich so etwas sehe. Ich habe es mir wohl angewöhnt, bei dem leisesten Geräusch aufzuwachen."

„Ist das nicht schlimm?"

„Ach was, für mich ist das ja normal. Es gibt Schlimmeres. Mach dir keine Gedanken. Meine Eltern sind ja inzwischen geschieden, beiden geht es jetzt besser."

Es irritierte ihn, wie beiläufig sie ihm so etwas erzählte. Vermutlich war sie es einfach nicht gewohnt, über sich zu reden, manchmal hatte er sogar das Gefühl, als hätte sie eine regelrechte Abneigung dagegen. Wenn er neugierig war, hatte er versucht sie auszufragen. Jana war keine Geheimniskrämerin, geduldig beantwortete sie alle Fragen, verriet dabei dennoch nie mehr als nötig. Meistens gab er schnell auf und genoss stattdessen ihre Stille, ihr friedliches, unaufdringliches Schweigen.

Stille war ein Luxus, den Alexander selten genießen konnte. Seltsamerweise war ihm seine Wohnung ohne Jana nie still vorgekommen. Jedes Geräusch war ihm zu anstrengend, zu laut erschienen. Irgendwann hatte ihn das Knarren der Holzdielen nervös gemacht, genau wie die vorbeifahrende Straßenbahn und er hatte sich angewöhnt, immer den Fernseher laufen zu lassen, wenn er in der Wohnung war, damit diese lächerliche, schrille Scheinwelt alles übertönte. Inzwischen hasste er es, wenn sie einmal nicht in der Wohnung war, zum Beispiel, wenn sie ihre Eltern besuchte oder zu Freunden in eine andere Stadt fuhr. Dann war er unruhig, schlief schlecht, lief vom Schlafzimmer in die Küche und wieder zurück, trank zu viel Kaffee, um nicht zu erschöpft zu sein und konnte sich nicht auf das Buch konzentrieren, welches er gerade las.

Wenn Jana dann wieder nach Hause kam, fragte sie meistens:

„War es für dich in Ordnung?"

Ihre Augen schienen Alexander zu prüfen. Er versuchte ihnen standzuhalten.

„Ja, es war in Ordnung", er lächelte, „komm her."

Sie lagen nebeneinander auf dem großen Schreibtisch. Ein paar Minuten zuvor hatte Kaczmarek befürchtet, die Platte würde ihr Gewicht nicht aushalten, doch sie hatte ihn beruhigt.

„Das ist kein Problem."

„Hast du es vorher schon einmal auf diesem Schreibtisch getan?", fragte er sie.

Er fand Gefallen an der Vorstellung, dass Wegner schon vor ihm ein paar Mal hintergangen worden sein könnte.

„Was sagst du da?", sie lachte verlegen.

„Wenn du wusstest, dass er es aushält, hast du es vermutlich schon einmal getestet."

Sie neigte leicht den Kopf, aber es hätte auch ebenso gut ein Kopfnicken sein können.

„Ich gehe mal davon aus, es war nicht dein Mann", Kaczmarek achtete drauf, dass sein Grinsen nicht zu schmutzig war.

Die Vorstellung gefiel ihm sogar sehr gut. Er lächelte, weil er sich Wegner vorstellte, wie er seine Frau im Büro besuchte, vielleicht an diesem Tisch Platz nahm, einen Kaffee trank und sich mit seiner Frau unterhielt. Absolut herrliche Ahnungslosigkeit.

Sie schüttelte den Kopf. Seltsamerweise fiel ihm erst in diesem Moment ein, dass sie eigentlich Karin hieß.

„Wer denn dann?", fragte er und lachte, „darf in deinem Büro geraucht werden?"

„Normalerweise nicht, geh dafür ans Fenster, bitte."

„In Ordnung", Kaczmarek zündete sich die Zigarette an.

Ah, Zigarette danach im Büro der Frau meines Chefs, er atmete die kühle Nachtluft, daran könnte ich mich gewöhnen.

„Wir sind verheiratet, ja", meinte Karin schließlich, „aber wir sind Realisten, keine Romantiker. Gerd sagte immer, wir sollten uns nichts vormachen, in den meisten Ehen gebe es irgendwann Untreue. Lebenslange Monogamie funktioniere eben nicht. Zwar meinte er damit wohl eher sich selbst, trotzdem war das der Grundgedanke: Niemand von uns hat nebenher eine wirkliche Beziehung, niemand verliebt sich und den Rest hält man einfach geheim."

Wir werden sehen, ob das geheim bleiben wird, dachte Kaczmarek, dieses Mal kann dir der Gefallen vermutlich nicht getan werden. Er drehte sich zu ihr um und drückte seine Zigarette aus.

„Kam er bei dir nie dahinter?"

Wegners Frau drehte ihren Rücken und versuchte auf der Tischplatte eine bequemere Position zu finden.

„Also einen Seitensprung habe ich ihm gestanden."

„Und er dir?"

Kaczmarek schloss das Fenster.

„Er auch."

„Und das gab keinen Streit?"

„Schon, aber es war nie Grund über eine Trennung nachzudenken."

„Hast du denn schon darüber nachgedacht? Ich meine, wie findest du es, verheiratet zu sein? Willst du das immer durchziehen?"

Verständnis war nie fehl am Platz, vielleicht würde er sie noch ein zweites Mal bekommen.

„Ich weiß nicht", antwortete sie langsam, „natürlich bin ich verheiratet, deshalb muss ich ja ein Stück weit an die Ehe glauben. Alles andere wäre ja ziemlich seltsam."

„Findest du? Ich weiß nicht. Ich habe mich auch vertraglich verpflichtet Dinge zu tun, von denen ich jetzt überhaupt nicht mehr überzeugt bin."

„Ich weiß nicht", Karin drehte den Kopf zur Seite, legte ihn auf ihrer Schulter ab, „also es stimmt schon, Verheiratetsein ist nicht unbedingt so, wie ich es mir vor zehn Jahren vorgestellt habe. Deshalb könnte ich nicht sagen, ich empfehle jedem die Ehe als besten Weg, um glücklich zu werden. Ich würde mich selbst nicht als glücklich bezeichnen. Allerdings wäre ich vermutlich nicht glücklicher, wenn ich unverheiratet wäre. Deshalb würde ich auch auf keinen Fall wie eine hysterische alte Tante zu jungen Frauen sagen: Heiratet auf keinen Fall. Vielleicht ist das einfach nicht die entscheidende Frage."

„Was ist denn die entscheidende Frage?"

„Um Himmels willen", sie lachte und küsste ihn auf die Schulter, „das fragst du mich, ich bin wirklich kein Ratgeber in Lebensweisheiten."

„Aber du bist gut", Kaczmarek griff nach ihrem Arm, zog ihn beiseite, beugte sich über ihre schmale Hüfte, sank abwärts.

„Ja, vielleicht", murmelte sie, „einfach weitermachen, nicht reden."

Er versuchte zu ihr empor zu schielen, sah dabei nur die Unterseite ihrer Brüste, ihres Kinns, hörte ihr Stöhnen, fragte sich, wann sie das letzte Mal mit ihrem Mann geschlafen hatte und wie es wohl wäre, wenn Wegner blutend und mit gebrochenen Knochen auf der anderen Seite des Raumes liegen würde. Vielleicht würde er fluchen, wenn er das noch könnte. Oder mit seinen blutunterlaufenden Augen zu ihnen herüber starren. Er selbst jedoch würde sich langsam umdrehen und sagen:

„Wegner, dein Assistent kann einiges mehr als mit Kunden telefonieren. Ich beschmutze dein Eigentum, es gehört nur mir, zumindest für ein paar Stunden. Deine Frau sagst du? Also die letzten Stunden kam sie mir eher vor wir eine überbezahlte Hure, jedenfalls verhält sie sich so. Ich glaube sie trägt ihren Ring noch. Ich würde ja nachsehen, aber sie wird ihre Hand gleich für etwas Anderes benutzen, du verstehst? Nicht schlecht diese Frau, fast eine Schande, dass du es ihr so selten besorgst. Nun gut, warum nicht, ich tue sowieso alles, worauf du keine Lust hast, warum nicht auch das?"

Wegner sah auf die Uhr. Kamarek war nun seit einer Stunde nicht mehr da. Dieser Idiot, er schnaubte, denkt wohl, ich merke es nicht, wenn er ein oder zwei Zigarettenpausen einlegt. Der ist wohl noch das Larifari von der Uni gewöhnt. Nun, was soll's.

Der Künstler gähnte unverhohlen. Seine Bewunderinnen merkten es, ein paar lachten, ein paar sahen enttäuscht aus. Hatte er an diesem Abend Kunst oder einen Menschen ausgestellt? Er war sich nicht sicher.

Karin war also früher nach Hause gegangen. Vielleicht würde sie später auf ihn warten. Er sollte sie nicht mehr länger warten lassen. Es war zu viel, zu lange, dass er selbst es noch würde herauszögern können. Vielleicht wartete sie ja nicht. Wegner grinste bei der Vorstellung. Ein paar Mal hatte er sie dazu überreden können, ihn zusehen zu lassen.

Eine der jungen Frauen fragte ihn:

„Was bedeutet dieser Schemen in der rechten Ecke?"

„Das sollten wir besser unseren Künstler fragen, ich will mich nicht zu weit aus dem Fenster lehnen."

„Alexander?"

„Ja?"

„Was bedeutet dieser Schemen da?"

„Keine Ahnung, denken Sie sich alle etwas aus. Steht ihnen frei."

Alexanders unteres Augenlid zuckte. Gespräche waren anstrengend. Er beneidete Jana, die gerade niemandem ins Gesicht schauen musste und nur von stillen, sanften, kahlen Wänden umgeben war. Vielleicht hatte sie zuvor etwas gekocht und die Küche schwamm wieder in Wasserdampf. Es gefiel ihm, ihr beim Kochen zuzusehen. Er dachte an Janas Entsetzen, als er ihr gestanden hatte, früher fast ausschließlich Fertigprodukte gegessen zu haben.

„Essen ist doch Lebensfreude", hatte sie gerufen, „wie kannst du nur?"

„Ich kann nicht kochen. Ich habe eher andere Talente."

„Lass mich ruhig machen, setz dich schon mal her und entspanne dich."

Ihm war schon häufiger aufgefallen, dass Jana es nicht mochte, wenn man ihr half. Alexander beobachtete sie, wie sie Gemüse klein schnitt und mit ihren Händen rohes Fleisch anfasste, befühlte und dann sorgfältig Knorpel heraustrennte.

„Ekelt dich das nicht, das Fleisch zu zerlegen?", fragte er sie.

„Nein, wieso denn, du isst es ja später auch, wo ist das Problem?", sie hatte nur gelacht.

„Ja", sagte er leise, „da hast du wohl recht. Du siehst gut aus heute."

„Danke", Jana stellte die Pfanne auf den Tisch und schwang ihre langen Beine über die Holzbank.

„Du bist fürsorglich."

„Ich dachte, du hältst mich für ein Kind, wie kann ich dann fürsorglich sein?"

„Du weißt, es tut mir leid, das gesagt zu haben."

„Ja ich weiß."

„Wieso bist du so fürsorglich?"

Sie goss ihm Weißwein ein.

„Weil du viel davon brauchst."

Jana lächelte ihn an und er drückte ihre Hand.

Ihre Hände unterschieden sich von ihrem restlichen Körper, sie waren kräftig, rau und manchmal ein bisschen rissig.

„Ich bin der Handwerker von uns beiden", hatte sie oft bemerkt.

Die Malerei oder seine Versuche in der Bildhauerei zählte sie nicht als Handwerk, auch wenn es da vor allem auf Geschick ankam. Alexander wusste jedoch, was sie meinte.

Oft hatte er seine Arbeit mit einer Traumwelt verglichen. Nur wenige Träume wurden wahr, nur wenige Striche brachte er zu Papier. Vielleicht war er deshalb selten mit dem zufrieden, was er tat. Manchmal beneidete er Jana, weil sie jeden Tag die Folgen ihrer Arbeit sehen konnte, während er die meiste Zeit des Jahres zu warten schien, bis sich alles innerhalb weniger Wochen auflöste. Gelegentlich überkam ihn der Wunsch, etwas zu tun, wovon jeder Mensch etwas haben konnte. Natürlich hätte man behaupten können, seine Kunst sei für jeden Menschen da, schließlich war sie für alle Welt zugänglich, jeder konnte die Galerien besuchen, die ihn ausstellten.

Doch Alexander wusste genau, dass es nicht stimmte. Seine Kunst erreichte kaum ein anderes Publikum als einen isolierten Kreis von Privilegierten, der sich gerne abgrenzte, weil sich die Zugehörigen intellektueller fühlten als ihre Mitmenschen und von ihnen wiederum für ihr Interesse kritisch beäugt wurden. Ein Publikum, das er nicht mochte und das ihn vermutlich genauso wenig leiden konnte, einmal abgesehen von den Kunstharpyien, die ihn unbedingt ins Bett kriegen wollten. Vielleicht hätte er innovativer sein und sich mehr darauf konzentrieren sollen, viele Menschen zu erreichen. Seine Kooperation mit dieser Galerie war wichtig geworden, zu wichtig für seinen Geschmack.

Alexander hatte in den letzten Stunden beobachtet, wie Wegner ständig auf die Uhr sah. Vielleicht hatte er ebenfalls genug von dieser Gesellschaft oder er regte sich wieder über seinen Assistenten auf, der seit Stunden verschwunden war, Kaczmarek, warum hatten sie eigentlich alle etwas gegen diesen Namen, so schwer war das nun auch wieder nicht. Ebenso einfach wie die Tatsache, dass seine Familie aus Polen und nicht aus der Slowakei kam. Es ging ihn nichts an, wie Wegner mit seinen Angestellten umging, aber manchmal hatte der Assistent ihm ein wenig leidgetan. Und er empfand selten Mitleid mit Menschen, die er kannte. Junge, du verschwendest deine Zeit hier, dachte Alexander, verschwinde, bevor es zu spät ist. Hier spielst du keine Rolle, sie können sich nicht einmal deinen Namen merken.

Sie hörten die Tür.

„Nur Kamarek hat den Schlüssel", murmelte Wegner, „ich meinte schon, er kommt heute gar nicht mehr."

Zuerst konnten sie die Schritte hören, dann sahen sie seine Füße, die Beine in den modischen Jeans und sein Jackett. In einem der Knopflöcher steckte eine Blume.

„Wo waren Sie?", brüllte Wegner, „sind Sie noch ganz dicht, was soll dieser Scheiß? Kamarek? Wo sind Sie gewesen?"

Kaczmarek schritt weiter in die Mitte des Raumes, bis er unter der Dachluke stand. Sein Gesicht war nun zu sehen.

„Ich habe ihre Frau zuerst ins Büro und dann nach Hause gefahren", er grinste und knöpfte sich den obersten Knopf des Hemdes zu, „im Übrigen ist mein Name Mikolaj Kaczmarek."

„Ist mir egal wie Sie heißen", Wegners Gesicht nahm ein ungesundes Dunkelrot an, die Ader an seinem Hals trat ungewöhnlich stark hervor, „Sie sind gefeuert."

„Und wenn schon", der Assistent lachte, „ich bedanke mich für unsere Zusammenarbeit."

Alexander trat in die Schusslinie zwischen den beiden, spürte Kaczmareks Blick im Nacken und versuchte Wegners einzufangen. Er schrak zurück.

„Ich habe nur gemacht, was Sie mir aufgetragen haben, ich habe sie nach Hause gefahren", Kaczmareks Lachen klang absurd und blieb irgendwo zwischen ihnen hängen.

Wegner lief noch dunkler an und stürmte los. An das was folgte, konnte Alexander sich später weniger gut erinnern. Es war ein bisschen so, als hätte sein Gedächtnis eine Szene in ein paar Bilder aufgespalten: Wegner, der losstürmte. Kaczmarek, der auswich und die Holzbank hinter sich zog. Wegner halb in der Luft, halb auf der Holzbank. Wegner, wie er das Bild von der Wand riss. Das Geräusch des Alarms, Scherben, Blut. Danach gab es keine Bruchstücke mehr, nur noch ein kompletter Film, er kniete neben dem Galeristen und fühlte seinen Puls. Wegners Augen standen weit offen, außer einem leichten Zucken des Augenlids bewegte er sich nicht. Kaczmarek stand daneben und klopfte sich die Scherben von der Jacke.

„Ist ihm etwas Schlimmes passiert?"

Es klang eher so, als hätte Kaczmarek nach der Uhrzeit gefragt.

„Das weiß ich nicht. Wie wäre es, du rufst einmal einen Arzt, wäre das ein Vorschlag?"

Alexander war sich bewusst, dass seine Stimme etwas zu hysterisch klang und er auf einmal Kaczmarek duzte. Allerdings wäre ihm keine absurdere Situation als diese eingefallen, um jemanden zu siezen.

„Der braucht keinen Krankenwagen", Kaczmarek kniete sich neben ihn, „er steht unter Schock und hat eine leichte Platzwunde am Arm. Wir nehmen das Auto und fahren ihn ins Krankenhaus."

Wegner schüttelte heftig den Kopf, brachte aber keinen Ton heraus.

„Ich kann fahren", Alexander packte Wegner unter den Schultern.

Zu ihren Füßen lag das in zwei Stücke geteilte Gemälde. Alexander legte den Kopf schief und betrachtete es für einen Augenblick, um nichts dabei zu empfinden, weder Bedauern noch Erleichterung. Schließlich wandte er sich ab und stützte den Galeristen, der bedrohlich schwankte.

„Schließen Sie die Galerie ab und werfen Sie den Schlüssel in den Briefkasten, Kaczmarek."

Er behielt den Assistenten im Auge, wie er abschloss, bevor er Wegner auf den Beifahrersitz des Autos hievte.

„Sie gehen jetzt wohl besser, Kaczmarek."

„Mit Vergnügen", Kaczmarek rückte die Rose an seinem Jackett zurecht, „gute Nacht, die Herren."

Sie saßen drei Stunden in der Notaufnahme, Wegner mit kerzengeradem Rücken und ausdruckslosem Gesicht.

„Kann ich irgendetwas für Sie tun?", fragte er ihn.

Der Galerist reagierte nicht. Eine blonde Frau tauchte am Ende des Korridors auf.

„Ihre Frau ist hier, soll ich jetzt gehen?"

Wegner zuckte nicht einmal mit dem Augenlid.

„Gehen Sie bitte, Alexander", Wegners Frau stand neben ihnen. Sie hatte sich umgezogen und trug nun Jeans und T-Shirt, darüber eine leichte Jacke. Alexander wusste nicht, warum er ausgerechnet das in diesem Moment dachte, aber er fand, dass sie so sympathischer aussah.

„Es ist in Ordnung, Sie können uns alleine lassen. Vielen Dank für ihre Hilfe. Zum Glück ist nichts Schlimmeres passiert."

Er verließ das Krankenhaus, rief sich ein Taxi, obwohl er Taxis hasste. Aber er wollte nicht wieder eine halbe Stunde mit der U-Bahn an einem Samstagabend im Sommer durch Berlin fahren: eingequetscht in einer engen Röhre zwischen jungen, feiernden Menschen und die alkoholgeschwängerte Luft einatmend.

Alexander nahm die Treppe bis in den fünften Stock, öffnete die Wohnungstür, ließ sich dagegen sinken.

„Bist du da?"

Er genoss kurz nur den vertrauten Klang ihrer Stimme, bis er antwortete.

„Hier bin ich", er löste sich aus dem Schatten.

„Gott sei Dank bist du hier", Jana küsste ihn, „der Abend war grässlich."

„Manchmal kann ich es immer noch kaum fassen, dass du hier bist."

„Ich bin doch nie weg."

Hochzeitstag

Es sollte alles absolut perfekt sein, so vollkommen, dass es nur ein wunderbarer Abend werden konnte. Den Tisch in ihrem Lieblingsrestaurant hatte sie schon vier Wochen zuvor reserviert und dem Kellner genau erklärt, wo sie sitzen wollten: zwei Tische von der Säule entfernt und zwischen den Zimmerpalmen.

Seit fünfzehn Minuten saß sie auf einem der Samtsofas im Wartebereich und starrte zur Tür. Es wäre schwierig festzustellen gewesen, was sie öfter tat: auf die Uhr schauen oder sich durch die Haare streichen. Sogar beim Friseur war sie gewesen und hatte sich für diesen besonderen Abend ein neues Make-up gegönnt. Ihre Füße taten jetzt schon weh, aber was bedeutete das schon, wenn sie doch genau wusste, wie sehr ihm hohe Schuhe gefielen.

Ohnehin wusste sie ganz genau, was er mochte und was nicht. Dennoch konnte sie es nicht verhindern, dass erneut die Nervosität von ihr Besitz ergriff und ihre Selbstsicherheit zu vertreiben drohte. Fast hätte sie angefangen, an ihren lackierten Nägeln zu kauen, schüttelte dann aber aufgeschreckt die Hände, als sei sie angeekelt von sich selbst.

Ein erneuter Blick auf die Uhr. Endlich erkannte sie seine Gestalt im Foyer: die Schultern leicht gebeugt, das Haupthaar schon etwas ergraut. Doch es stand ihm gut und seine Studentinnen störten sich wohl nicht daran, dass er etwas mager geworden war.

Sie atmete tief durch, damit in ihrem Kopf nicht wieder dieses ermüdende Spiel begann: Die Fragen, wie viel sie wusste und wie viel er von ihrem Wissen ahnte, jagten einander ständig. Sie erhob sich und lächelte ihn charmant an. Er küsste sie leicht auf die Wange, flüchtig, fast beiläufig. Vorsichtig, um ja nicht umzuknicken, flanierte sie zu ihrem Tisch und nahm elegant Platz, was ihm nicht auffiel, denn er schaute sofort in die Karte.

Sie setzte an, ließ es dann aber sein, als ihr bewusst wurde, dass seine Aufmerksamkeit ausschließlich dem Menü galt. Also lehnte sie sich zurück und bestellte einen Aperitif. Ein Glas vor dem Essen ließ sie oft ein wenig entspannter werden. Gelassenheit war nicht ihre Stärke, das wusste sie ja selbst.

Er warf ihr über den Rand seiner Hornbrille einen kurzen Blick zu, bevor er laut überlegte, welchen Wein er wählen würde. Unter dem Tisch spielte sie mit den Verschlüssen ihrer Handtasche.

„Ich habe extra unseren Lieblingstisch reservieren lassen", bemerkte sie, aber er sah nicht einmal auf, „und sie haben heute dein Lieblingsdessert."

„Mhm."

Überschwänglich, fast hysterisch begann sie dem Kellner das zu erzählen, was ihre Haltung längst verkündete:

„Heute ist unser dreißigster Hochzeitstag."

Ihr Lachen hallte ein wenig zu laut nach. Sein Handy brummte. Er schaute kurz auf das Display. Sie sah kritisch auf die andere Seite des Tisches, doch er blieb stumm. Ein Lächeln zog sich über seine Lippen, aber es galt nicht ihr.

„Sehr schön Madame. Wollen Sie nun die Bestellung aufgeben?"

Sie nickte und entschied sich für das Fischtatar, er für den Pulpo.

„Ist es nicht schön, dass wir heute hier sind?"

Er nickte.

„Natürlich. Ja."

„Ich weiß, wie sehr du dieses Restaurant magst."

Eigentlich müsste ihr Lächeln schon fast an ihren Ohrläppchen kleben, dachte er. Zu strahlend war es, um wahr zu sein. Er antwortete nichts und wartete auf den Pulpo, während sie an ihrem Wein nippte. Sie fragte sich, ob sein Schweigen mit dem Brummen seines Handys zusammenhing. War es wieder eine seiner Studentinnen?

Es war so belastend, etwas, aber nicht alles zu wissen. Was bedeutete es zum Beispiel, dass eine gewisse Sabrina ihm eine Nachricht geschickt hatte: „Danke für gestern Abend." Es könnte alles oder nichts sein.

Am einfachsten und zugleich am schwierigsten wäre eine direkte Frage gewesen, jedoch hätte sie dann zugeben müssen, sein Handy regelmäßig zu kontrollieren. Vermutlich hätten sie beide etwas zu gestehen. Ihr fiel auf, dass sie neben ihrem Teller etwas Brot zerkrümelt hatte, und betrachtete kopfschüttelnd ihre Hände.

Sie müsste beichten, ihm neulich gefolgt zu sein, als er von der Fakultät nach Hause ging, und Kollegen systematisch über ihn ausgefragt zu haben. Wobei das im Grunde wie ein schlechter Witz war, denn sie lächelten alle nur fein und logen munter weiter. Sie war sich sicher, dass sie alle logen. Natürlich taten sie das. Wieso sollten sie ihr auch die Wahrheit sagen? Dennoch sollte er ihr besser erzählen, was er neulich Abend getan hatte. Denn offenbar war er ja nicht mit Kollegen essen gewesen.

Der Kellner stellte die Teller vor ihnen ab. Eine Kerze verdeckte sein Gesicht. Sie hätte gerne gewusst, woran er gerade dachte.

Der Pulpo schmeckte absolut perfekt. Perfektion als Geschmacksrichtung, interessant, dachte er und stach seine Gabel vorsichtig in das Gemüse, welches kaum noch als solches zu erkennen war.

Perfektion schien auch ihr Stil zu sein. Er musterte sie vorsichtig, als sie nicht hinsah. Sie war extrem schlank, sogar dünn, ihr Kleid sah furchtbar stilvoll und sehr unbequem aus und sie wirkte ausgesprochen unentspannt, wie sie so stocksteif dasaß. Glaubte sie etwa, er würde auf dieses makellose Bild hereinfallen?

Sie sollte ihre Tabletten besser verstecken, so viele hatte der Therapeut ihr sicher nicht verschrieben. Wahrscheinlich würde sie es sogar abstreiten und behaupten, es sei Teil der Behandlung.

„Eine ganzheitliche Behandlung", nannte sie es immer. Der toskanische Chardonnay gehörte dann wohl ebenfalls zu dieser fragwürdigen Therapie. Irgendjemand musste ja die halbe Kiste getrunken haben in so wenigen Wochen.

Es stimmte, sie hatte sich schon gut gehalten. Doch ihre Miene hatte die Unbeschwertheit der Jugend verloren und ihre Perfektion die Lässigkeit der Mittzwanziger vertrieben.

Vermutlich war es genau das, was er an seiner Arbeit so liebte: Diese jungen Menschen zu sehen, ihre Begeisterungsfähigkeit und diese naive Ernsthaftigkeit. Manchmal waren sie wie Wachs in seinen Händen, hingerissen von dem, was er ihnen mitgab, dann wieder rebellisch und hinterfragten alles, was er sagte oder tat.

Vielleicht gefiel ihm Letzteres sogar noch besser. Es hatte wirklich einen besonderen Charme, wenn im Publikum aufgeregte, fast zornige Stimmen laut wurden und ihre erhitzten Gesichter sich gegen ihn erhoben, um ihn im Gespräch zu besiegen, was ihnen öfter gelang, als er es zu Beginn vermutet hatte. Am glücklichsten fühlte er sich, wenn er seine Studenten dazu brachte, ihn selbst zu übertreffen. In diesen Momenten hatte er das Gefühl, seiner Aufgabe gerecht zu werden.

Christiane glaubte vielleicht, er würde gelegentlich Gefallen an einer seiner Studentinnen finden, weil ihre Gesichter faltenlos waren und ihre Haare noch keine grauen Strähnen zeigten. Nein, es war ihr aufrichtiges Interesse an vielen Dingen und diese offene Art die Welt zu sehen, die ihn reizten. Viele von ihnen sagten ganz klar, was sie dachten und hatten auch den Mut, hinter einer seiner Aussagen ein deutliches Nein zu platzieren.

Genau wie Sabrina, diese blutjunge Frau, die alles so unvoreingenommen betrachtete und in deren Stimme noch keine Spur von Bitterkeit mitschwang. Für Christiane war nichts schwarz oder weiß, für sie gab es nur die unterschiedlichen Schattierungen dazwischen. Selten war sie völlig für etwas oder gegen etwas. Ihre Art, Diskussionen zu führen, langweilte ihn, denn es ging ihr stets zu sehr darum, ihr Gegenüber nicht zu brüskieren, anstatt ihre eigene Meinung zu vertreten.

Wenn er besonders schlecht auf sie zu sprechen war, zweifelte er manchmal daran, ob sie überhaupt noch eine eigene Meinung zu den Dingen hatte. Wobei vielleicht eigene Meinung der falsche Ausdruck war.

Seine Arbeit erreichte sie nicht wirklich, weil sie in ihm nur den Ehemann und nicht den Intellektuellen sah. Er wusste genau, dass sie sich vernachlässigt fühlte und ihn für gleichgültig ihr gegenüber hielt, jedoch war das zu einfach gedacht. Ja, es stimmte, oft war er gleichgültig. Sie glaubte zwar, er würde es nicht sehen, aber manchmal weinte sie nachts heimlich. Er hörte es, sah es und stellte sich dennoch schlafend, weil er sie nicht trösten wollte. Oder übersah einfach das Pillendöschen in der Tasche ihres Bademantels.

Doch an manchen Tagen überkam ihn eine heftige Sehnsucht, so stark, dass es ihn überraschte, denn zu manchen Zeiten hatte er schon Angst davor gehabt, überhaupt nichts mehr empfinden zu können: Er sehnte sich nach ihnen beiden, wie sie als junge Menschen gewesen waren, wie sie mit Leichtigkeit durchs Leben gingen, Arm in Arm dalagen und über Gott und die Welt diskutierten. Oder wie sie als junge Eltern jedes von Sophies neuen Wörtern bejubelt hatten.

Heute war Sophie eine hübsche junge Frau, die Artikel für das Feuilleton einer Zeitung anstatt Kindergeschichten schrieb und ihre Eltern in München seltener besuchte, als es ihnen lieb war. Wenn er an seine Tochter dachte, empfand er eine Mischung aus Stolz und schlechtem Gewissen. Auch wenn sie es ihm niemals vorgeworfen hatte, war er sich sicher, von ihrer Jugend zu viel verpasst zu haben. Stattdessen war es Christiane gewesen, die zu ihm gesagt hatte: „Du bist zu sehr Professor und zu wenig Vater. Du gibst alles für diejenigen, die von dir lernen, doch für deine Familie hast du keine Zeit."

Damals hatte dieser Satz ihn sehr wütend gemacht, doch heute sah er ein, dass sie Recht hatte. Besonders beschämte ihn die Gewissheit, dass er sich jederzeit wieder so entscheiden würde, selbst wenn er die Chance hätte, die letzten zwanzig Jahre noch einmal zu durchleben.

Heute fand er diese Leichtigkeit, die er in ihren ersten gemeinsamen Jahren verspürt hatte, nur noch bei seinen Studenten und fühlte sich dann am lebendigsten, wenn er sich mit einer der jungen Frauen traf. Keine von ihnen bedeutete ihm wirklich etwas, aber sie berührten ihn dennoch oft auf ihre erfrischende, junge Art.

Christiane nippte weiter an ihrem Wein. Wie schaffte sie es eigentlich so durchgehend zu lächeln, ohne dass ihre Gesichtsmuskulatur irgendwann aufgab? Er wusste genau, es war ihr nicht danach zumute. Es tat ihm ja selbst leid, anlässlich ihres dreißigsten Hochzeitstags kein Lächeln über die

Lippen bringen zu können. So sehr er es ihr schuldete, es wollte ihm einfach nicht gelingen.

„Was meinst du, wohin wollen wir dieses Jahr in den Urlaub?", Christianes helle Stimme riss ihn aus seinen schulderfüllten Gedanken.

„Wie wäre es mal wieder mit Portugal?"

„Oh ja, Portugal ist wunderbar", sie lächelte, auch wenn sie sich jetzt schon ein wenig unbehaglich fühlte. Irgendein berühmter Schriftsteller hatte einmal gesagt: Reisen führt den Menschen zu sich selbst zurück. Wer immer es gewesen war, dieser Mensch hatte absolut Recht. Vielleicht würde es ihnen ja guttun, ein bisschen Zeit für sich zu haben. Allerdings war sie nicht sicher, ob sie zu sich selbst zurückgeführt werden wollte. Und war es gut, wenn sie beide anfingen über sich nachzudenken? Wäre das möglich, ohne die unaussprechlichen Dinge zwischen ihnen zu erwähnen?

Sie seufzte. Mit den Beruhigungsmitteln war es einfacher. Diese ständige Angst, diese furchtbare Nervosität, die viel zu oft von ihr Besitz ergriff. Zuerst das Gefühl, keine Luft zu bekommen, so als würde ihr Gesicht gegen eine Wand gepresst werden, und dann das Ringen nach Luft, als sei es ihr letzter Atemzug.

Jeden Tag, wenn er das Haus verließ und sie alleine war, kamen diese Gedanken. Wie ungebetene Gäste spazierten sie durch das Tor ihrer Gedankenwelt und trieben dort ihr Unwesen. Erst wenn sie eine Pille einwarf, wurde es ruhiger und sie fühlte sich so herrlich betäubt. Was für ein Genuss die Gleichgültigkeit doch sein konnte! Ein Luxus, den sie sich gelegentlich gönnen musste, um die Fassung zu bewahren. Ohne die Medikamente war sie alles andere als gleichgültig.

Jedes Wort konnte ein Angriff sein, jeder Satz ein Versuch, sie abzuservieren. Jedes Klingeln des Telefons konnte die Nachricht vom Tod ihrer krebskranken Mutter sein und jedes Treffen mit Sophie eine Zurückweisung.

Diese Sophie. So schön, so klug und so grausam. Wenn sie sich trafen, beobachtete sie ihre Tochter meist mit einer Mischung aus Stolz, Bewunderung, Misstrauen und auch ein wenig Eifersucht. Eifersucht auf ihr junges Leben, auf ihre Freunde, denen sie so viel Vertrauen entgegenbrachte, auf diesen eloquenten Dramaturgen, mit dem sie zusammenlebte. Ein durchaus einnehmender junger Mann, aber ein wenig radikal in seinen Ansichten.

Bei jedem ihrer Treffen gierte sie nach Sophies Erzählungen von diesem freien, unbeschwerten Leben der Bohémians, diesen inspirierten jungen Leuten, und fürchtete sich zugleich vor Sophies vorsichtigen Fragen und ihrer skeptischen Miene.

Manchmal glaubte sie in den Augen ihrer Tochter so etwas wie Mitleid oder Besorgnis zu erkennen, was sie meistens eher wütend machte, weil sie sich nicht von einer Fünfundzwanzigjährigen Lebensweisheiten anhören wollte. Am meisten verärgerte sie es, wenn Sophie ihr Leben zu schwarzmalte. Was hatte dieses Mädchen schon für Sorgen?

Wenn Sophie manchmal von der Bürde der Jugend sprach und von diesem Gefängnis, in das man sich begebe, wenn man sich jeden Tag neu entscheiden müsse oder von Vergänglichkeit und Antriebslosigkeit, musste sie Acht geben, nicht zynisch zu werden oder sie auszulachen. Ja, wie schwierig musste es wohl sein, frei zu sein und genug Raum zu haben, um über sich selbst nachzudenken! Das musste wirklich traumatisch sein. Hatte diese Frau eigentlich eine Vorstellung davon, wie es war, wenn das Leben eben nicht mehr wandelbar war und eine entsetzlich gerade Bahn eingeschlagen hatte, wie eine Einbahnstraße, auf der es nicht vorwärtsging? Wie es war, wenn der Alltag auf deprimierende Weise geordnet war? Nein, vermutlich nicht.

Aber so war das eben mit den jungen Leuten: Sie bemühten sich nicht einmal, sich vorzustellen, wie ihre Eltern als junge Menschen gewesen waren. Lächerlicherweise hielten sie doch jeden ihrer Gedanken für innovativ, ohne auch nur zu ahnen, dass schon unzählige Generationen vor ihnen über ein- und dieselben Dinge nachgedacht hatten. Einfach lachhaft. Und dann warfen sie einem vor, man verstehe sie nicht und dachten sich einen komplizierten psychologischen Begriff aus, um ihr kurzsichtiges, naives Verhalten zu erklären. Oder ihre Trägheit, die sie Ratlosigkeit nannten. Sie schnaubte kurz und vergaß für einen Augenblick, wo sie sich befand, sodass sie es als Hustenanfall tarnte.

Der Hauptgang sah ausgesprochen genial und ausgefallen aus, schmeckte ihm aber überhaupt nicht. Zum ungefähr hundertsten Mal fragte er sich, woran Christiane wohl gedacht hatte, als sie dieses seltsame Geräusch von sich gegeben hatte. Was war das gewesen? Ein Lachen, ein Seufzen? Er war sich nicht sicher, sie überhaupt noch verstehen zu können.

Die Serviette verrutschte leicht auf seinem Schoß, er zog sie schnell fest. Er erinnerte sich, dass er mit Sophie vor einigen Wochen im Park gesessen hatte und sie ihn gefragt hatte:

„Papa, kommt dir manchmal auch alles sinnlos vor?"

Zuerst hatte er eine pflichtbewusste, ermutigende Antwort finden wollen, doch dann sah er in ihr junges, sensibles Gesicht und entschied sich, dass sie ein wenig Ehrlichkeit verdient hatte.

„Ab und zu?"

Sie nickte, als hätte sie keine andere Antwort erwartet.

„Und was tust du dagegen?"

„Meine Studenten helfen mir", antwortete er, „das ist besser als jede Therapie. Für mich stellen sie einen gesunden Bezug zur Zeit da, wie ein lebendiges Zeugnis der Gegenwart und der Beweis dafür, dass ich noch die Fähigkeit habe, die Zukunft zu beeinflussen."

Sie nickte.

„Manchmal gibt es Tage, da will ich gar nicht aus dem Bett, weil mir alles so erdrückend vorkommt."

„Was erdrückt dich?"

„Ich weiß es nicht. Es ist so ein Gefühl der Unbestimmtheit, der Variabilität des Lebens. Wie kann ich mir sicher sein, dass die Menschen, die mir wichtig sind, bei mir bleiben? Wie kann ich wissen, ob es die richtigen Menschen sind?"

„Hab ein wenig Vertrauen."

Ein seltsamer Satz aus seinem Mund, trotzdem lächelte sie.

„Vermutlich hast du Recht, am Ende übertreibe ich wieder."

„Das glaube ich ganz und gar nicht, aber ich denke, Hoffnung ist die beste Waffe."

Er war ihr dankbar, dass sie ihn nicht auf das Offensichtliche hinwies: Er sollte eigentlich niemand sein, der es wagte, andere Menschen zu mehr Vertrauen und Hoffnung zu ermutigen. Denn setzte er Vertrauen oder Hoffnung in den Menschen, mit dem er am meisten teilte? Setzte Christiane in irgendetwas Hoffnung außer in Alkohol und ihre Tabletten?

Er legte seine Gabel beiseite.

Sophie hatte Recht, manchmal erschien alles sinnlos. Was für einen Sinn hatte eine Beziehung, die auf Geheimnissen und Unehrlichkeiten basierte? Vielleicht würde ein Moment des Risikos genügen? Vielleicht gab es eine Chance auf Vergebung oder Verständnis?

Christiane hob ebenfalls den Kopf und blickte ihn an. Plötzlich schien alles um sie herum ruhig geworden zu sein. Braune Augen trafen auf blaue, ein blasses Gesicht auf ein faltiges. Ihr Mund war leicht geöffnet und sie sah unglaublich verletzlich aus. Konnte er ihr die Wahrheit zumuten? Seine Untreue? Würde sie es verkraften, ihre Schwäche zuzugeben?

In ihre Augen trat ein seltsamer Ausdruck: diese bestimmte Wachsamkeit, wenn sie sich gegen seinen Angriff wappnete und schon das Richtige für einen Rückschlag sammelte. Er holte Luft und sie sah ihn an: erwartend, fürchtend, angespannt.

Dann fiel alles in sich zusammen. Hoffnung. So etwas Naives. Er würde es nicht aufs Spiel setzen. Dreißig Jahre Ehe riskierte man nicht leichtfertig. Er konnte es nicht. Er konnte nichts sagen. Was würde geschehen, wenn sie nicht mehr da wäre, wo sie doch immer dagewesen war? Eine Flut von Bildern zog an seinem Auge vorbei, Bilder eines einsamen Alters. Zum krönenden Abschluss eine erschreckend deutliche Vorstellung von ihm selbst, wie er mit einer Flasche Wein den Samstagabend verbrachte und die Frauen ihn nicht einmal eines Blickes mehr würdigten.

Nein! Tausend Mal nein. Er stockte. Sollte er es vielleicht wagen? Hoffentlich triffst du die richtigen Entscheidungen, Sophie, dachte er.

Christiane hob fragend ihre Augenbrauen.

„Das Essen ist vorzüglich", bemerkte er schließlich, „das hast du wunderbar arrangiert, Schatz."

Sie lächelte halb zufrieden, halb unsicher.

„Denk daran, es gibt Crème Brûlée zum Nachtisch."

„Ich kann es kaum erwarten."

Endhaltestelle

Die Türen öffneten sich wie die Mäuler eines Ungeheuers und die Gummidichtungen schlossen sich wie Lippen um einen gierigen Mund.

Sitzplätze gab es keine mehr, eigentlich gab es sie nie um diese Uhrzeit. Er ließ seine Tasche zu Boden gleiten, griff nach der Stange und sah nach vorne. Die Stange roch nach Schweiß und fühlte sich glitschig an. Er stellte sich tausende Menschen vor, die sie vor ihm berührt hatten. Er dachte an ihre Hände: kleine Kinderhände, große Frauenhände, nein eher grobschlächtig. Fleischig.

Die Bahn verließ den Stadtteil und sauste neben der Straße her. Bäume warfen ihre flackernden Schatten auf die Fahrgäste. Ihre Gesichter sahen aus wie bröckelnde Fassaden aus Licht oder sich verwandelnde Masken. Der Anblick irritierte ihn, machte ihn nervös.

Er fing an zu schwitzen. Seine Jacke hätte er gerne abgelegt, doch um sich ein wenig zu drehen, war kaum genug Platz. Also blieb er abwartend stehen und spürte, wie die Hitze sich in seinem Bauch ausbreitete. Seine Hände und Füße blieben kalt. Es gefiel ihm nicht, dass sie am anderen Ende der Stadt wohnte, von Tür zu Tür dauerte es etwa eine halbe Stunde. Das Schattenspiel reizte seine Augen. Er griff sich an die pochenden Schläfen.

Er hatte nicht mehr als zwei Stunden geschlafen. Die Augen geöffnet und starr zur Decke gerichtet hatte er neben ihr gelegen und nur ihr gleichmäßiges Atmen sowie das Ticken ihrer Uhr gehört. Ihre Decke war zu schwer, aber er hatte sich nicht bewegt, nicht einmal um einen Zentimeter. Stundenlang hatte er so dort gelegen, weil er sie nicht wecken wollte.

Er wollte nicht daran denken, nicht an die vergangene Nacht und auch nicht an sie. Dennoch sehnte er sich danach und nach ihr, fürchtete sich aber zugleich davor. Langsam hob er den Kopf und sah die anderen Fahrgäste an. Im Ausdruck ihrer Gesichter versuchte er eine Ablenkung zu finden. Manche von ihnen lächelten, ein paar sahen genervt aus, vielleicht hatten sie Stress bei der Arbeit oder wären lieber in ihrem gemütlichen Zuhause gewesen. Doch viele hatten einfach diesen alles und nichts bedeutenden, leeren Ausdruck, wie Fenster, in denen man sich nur spiegeln, aber nicht hindurchsehen konnte. Es beunruhigte ihn, nichts darin zu sehen, er wollte nicht akzeptieren nichts zu erkennen. Er fixierte sich auf ein paar Gesichter, richtete seine Augen fest auf sie und ließ sie nicht los. Es war so etwas wie ein Gefühl, eine Regung oder eine Veränderung, die er suchte, aber nicht fand.

Ein paar Minuten lang schloss er die Augen nicht und blinzelte nur ein paar Mal. Sie sahen alle weg, einer nach dem anderen. Manche taten es sofort, andere hielten ihm eine Weile stand, bis sie die Köpfe zur Seite drehten, sich schüttelten oder aus dem Fenster sahen, hinaus auf dieses Neubaugebiet, so unbeschreiblich innovativ und doch sehr gewöhnlich.

„Was ist los", ihre Stimme hallte in seinem Kopf wider, „habe ich etwas falsch gemacht? Fühlst du dich unwohl bei mir?"

Er suchte sich neue Gesichter, fesselte sie mit seinen Augen, versuchte ihren Ausdruck zu erkennen, prallte gegen Wände und fiel zurück. Sein eigenes Spiegelbild in der Scheibe. Er wollte es nicht sehen.

„Nein, du hast nichts falsch gemacht", hatte er gesagt, „an dir ist nichts falsch."

Sie hatte verunsichert ausgesehen, fast ein wenig verstört.

„Bist du dir sicher?", fragte sie, „ich hätte dich nicht so überfordern sollen. Vielleicht war ich zu...", sie hatte mit den Händen gewedelt, doch er hielt sie fest.

„Nein, bitte hör auf", er hatte sie auf die Stirn geküsst, „du kannst nichts dafür."

Die Bahn hielt an. Ein Betrunkener stieg in den anderen Waggon. Er sprach ein junges, blondes Mädchen an, sie verkrampfte sich und krümmte sich unter seiner Fahne aus Bier und Zigarettenrauch. Die anderen Passagiere rückten zusammen, eine einzige, furchtsame, feige Masse. Er hasste sie alle in dieser Sekunde.

Das Mädchen drehte ihren Körper weg und lief auf seinen Waggon zu. Er hatte Angst, ihrem Blick zu begegnen und wollte niemandem mehr in die Augen sehen. Der Betrunkene lallte ihr irgendetwas hinterher. Er hätte dem Mädchen gerne etwas Tröstendes gesagt, als sie an ihm vorbeilief, doch die passenden Worte zu finden war schwierig, fast noch schwieriger, als er ein paar Stunden zuvor Alicia gegenübersaß.

Sie hingen in der Luft vor seinen Augen, greifbar, aber er wusste nicht einmal mehr, wie er seine Hände benutzen sollte. Er sah, wie sich die Gesichtszüge des Mädchens verkrampften. Sie lief an ihm vorbei, er atmete ihre Angst ein, ihre Nervosität. Seine Füße am Boden. Sie kamen ihm kleiner vor als gewöhnlich. Er wollte sie bewegen, doch er war sich plötzlich nicht sicher, ob er seine Zehen noch spüren konnte.

Der Betrunkene richtete den Blick in seine Richtung, er senkte den Kopf und versank im Muster des Fußbodens: aufgeklebtes, trostspendendes Grau, eine ähnliche Farbe wie auf den Wänden der alten Dreizimmerwohnung in seiner Heimatstadt. Er hatte beides schon lange nicht mehr gesehen, nicht die Stadt und nicht die Wohnung. Der Betrunkene kam näher.

Er versuchte aus dem Fenster zu sehen und seine Aufmerksamkeit auf irgendetwas draußen zu richten, doch alles, was er sah, verschwand sofort hinter der nächsten Biegung und floh aus seinem Sichtfeld. Er drückte sich näher ans Fenster und konnte sich dennoch nicht entziehen, der abgestandene Atem hüllte ihn ein, würgte ihn, erdrückte ihn. Der Rauch stach ihm in den Nacken, seine Nägel bohrten sich durch Haut, spürten zuerst Widerstand, dann ein Nachgeben. Ein leichter, brennender Schmerz. Er konnte sein eigenes Blut riechen. Es rann langsam das Handgelenk herab, tropfte Rot auf Grau. Er traute sich nicht, es wegzuwischen, er hatte Angst, wie der Betrunkene auf seine Bewegung reagieren würde.

Die Bahn kam wieder zum Stehen, die Mäuler öffneten sich erneut, Kinder strömten durch die Öffnungen wie kleine Fischschwärme in den Schlund eines Walfischs. Sie trugen Schulrucksäcke, ihre Augen waren riesig und schienen immer größer zu werden, je länger er hinsah. Ob sie wohl auch die Angst spürten? War es ihre oder seine eigene? Er versuchte sich wegzudrehen, doch da war nur das Fenster, eine klebrige, Glasscheibe, verunstaltet durch Fingerabdrücke.

Sie fuhren in den Tunnel. Vor seinem Gesicht wurde es dunkel. Plötzlich nahm er den Geruch nach Bier nicht mehr wahr, stattdessen ein aufdringliches Parfüm, es roch zu schwer und zu süßlich, der Geruch war ihm verhasst wie nichts Anderes, was er kannte. Er dachte an das braune Sofa aus Kunstleder, eine unangenehme, kratzige Oberfläche und erinnerte sich an seinen anderen, jüngeren Körper. Erneut spürte er die Angst, dass sie wieder zu ihm kommen würde.

Er öffnete die Augen, um das Bild zu vertreiben, sah aber nur vorbeiziehende Dunkelheit, bis sie den Tunnel verließen, so wie er damals auch in die Dunkelheit des Zimmers geblickt hatte. Er hätte früher alles getan, um sie nicht ansehen zu müssen.

Das Licht blendete ihn, brannte in den Augen. Seine Kopfschmerzen wurden stärker. Er griff in seine Jackentasche, riss die Packung auf, schluckte die Pille ohne Wasser hinunter. Es kratzte in seinem Hals. Ein bitterer Geschmack blieb in seinem trockenen Mund zurück.

Er musste mit Alicia reden, doch er wusste nicht wie. Er dachte daran, wie er damals vor Jahren versucht hatte, es seiner Mutter zu sagen.

„Erzähl keinen Unsinn", hatte sie entsetzt gerufen, „was erzählst du denn da, ich will das nie wieder hören."

Die Packung fiel ihm aus den tauben Fingern, sie blieb an den Rädern des Kinderwagens kleben, den eine junge Mutter vorbeischob. Der Geruch nach Bier war verschwunden.

Vorsichtig drehte er seinen Kopf und zuckte zusammen. Der Mann stand nicht mehr hinter ihm, stattdessen war da das Gesicht einer älteren Frau. Ein wenig gelangweilt sah sie aus, vielleicht auch genervt, er hätte es nicht sagen können.

Er schluckte, doch es fiel ihm nicht leicht. Die Karte über ihren Köpfen verriet ihm, dass er noch fünf Stationen brauchte. Er drückte sein Kreuz durch, zwang alle Luft aus seinem Körper hinaus, als wollte er sein Gefühl der Angst einfach ausatmen, dabei war es längst in seinen Venen und strömte von seinem rasenden Herz weit fort.

Eine Gruppe junger Leute stieg ein und drängte sich in seinen Waggon. Er stellte sich vor, wie er sich unter die Haut griff und die Angst einfach aus seinem Körper riss, vielleicht unter etwas Schmerzen, vielleicht auch ein wenig blutend, aber befreiend.

Die jungen Leute neben ihm lachten, doch er konnte ihre Scherze nicht hören, ihre Stimmen waren zu laut und zu leise zugleich, er versuchte sein Gehör abzuschirmen von den dröhnenden, stumpfen Klängen. Irgendein Smartphone piepte. Damals hatte ihn immer die Klingel erlöst. Das Bild vor seinen Augen schien zu zerfließen, ihn umfing die Dunkelheit.

Er musste mit Alicia sprechen. Er musste es, alles andere war unmöglich. Er hatte vieles aufgegeben, auf vieles verzichtet, er wollte nicht auch sie aufgeben, es wäre zu viel. Alles war zu viel, er wusste nicht, wo er einen Anfang finden sollte.

Schweigen war grausam, nicht so schmerzhaft wie manche Worte, dafür umso schwerer und zynischer.

Ein paar weitere Fahrgäste stiegen ein, er konnte sie nicht sehen, aber er spürte den Druck der vielen Menschen auf den engen Raum. Er wusste nicht mehr, wohin er sich noch flüchten sollte, also gaben sie nach, erst seine Knie, dann seine Beine, bis er den kühlen Grund unter seinen Händen und Füßen fühlte. Alles andere, sogar sein Zeitgefühl war nicht mehr zu spüren, er fühlte sich alleine gelassen mit seinen Fragen. Wie lange kauerte er dort auf dem Boden? Ein paar Minuten? Stunden? Er wusste es nicht.

Was, wenn sie die Wahrheit nicht ertrug? Er spürte wieder die Angst, aber auch die Sehnsucht. Die Sehnsucht danach, nicht mehr Angst zu haben vor ihrem besorgten Blick und ihren vorsichtigen Fragen. Er war die Dunkelheit so leid.

Langsam kehrten die Geräusche um ihn herum zurück und dröhnten in seinen Ohren. Der Kopf gegen die Wand, die Hände vor dem Gesicht, schützend, abwehrend, saß er da, als er seinen Atem wieder hörte. Er war lauter als die Geräusche der Schienen, erst schnell und unregelmäßig, dann sanfter und ruhiger.

Am Abend zuvor hatte sie es verstanden. Zwar hatte sie weder etwas gewusst noch etwas begriffen, aber sie hatte es verstanden. Vor seinen Augen nach wie vor Dunkelheit, er wollte sie öffnen, doch seine Lider waren träge. Ein Geheimnis zu ertragen, war schwer, war es leichter, es zu teilen? Eine Hand legte sich auf seine Schulter.

„Hier ist die Endhaltestellte", sprach eine fremde Stimme aus dem Dunkeln, „ist alles in Ordnung?"

„Ja", sagte er und schlug die Augen wieder auf.

Es geht mir gut

Eric fror. Noch hatte er die Berge nicht erreicht, doch es war bereits kälter als in der
Stadt. Er hatte im Zug auf einem Platz gegen
die Fahrtrichtung gesessen und gewartet,
wie Zürich allmählich kleiner wurde, bis die
Lichter und die grauen Häuser hinter einer
Biegung verschwanden, und hatte auf die
vorbeiziehenden Felder geschaut, immer
mehr bedeckt von Schnee, je näher er den
Bergen kam.

Er stellte sich die Straßen Zürichs vor.
Manche saßen in den Cafés bereits draußen,
rauchten eine Zigarette oder tranken einen
Cappuccino, sonnten sich und dachten an
den Sommer, so als versuchten sie, den Winter zu vergessen, der hinter ihnen lag und
schauten nicht mehr aus dem Fenster, sondern liefen nach draußen.

Doch fuhr man mit dem Zug in diese Ge-
gend, änderte sich das. Hier waren die Fens-
terläden verschlossen, die Menschen saßen

in ihren Häusern und man musste sich anstrengen, um einen von ihnen außerhalb ihrer eigenen vier Wände zu sehen.

Gegen Ende des Winters war es besonders schlimm. Niemand wollte mehr nach draußen sehen, in diese ewige Schneelandschaft, doch die meisten waren zu müde, um schon vom Frühling zu träumen, besonders die älteren Menschen.

Eric kannte die Kleinstadt nicht, er war nie durch ihre Straßen gelaufen, hatte aber schon unzählige Male an diesem Bahnsteig auf den nächsten Zug gewartet, der ihn ins Dorf bringen würde. Er hauchte seinen Atem in die eisige Luft, freute sich halbherzig darüber, dass er gefror, und kickte ein paar Bruchstücke Eis auf die Schienen.

Sie würden wohl bald aufeinandertreffen, das war gewiss.

Ein Pfiff ertönte. Eric hob seine Tasche vom Boden auf, sie war leicht, er würde nicht viel brauchen. Seit Wochen hatte er dieser Verabredung entgegengesehen. Er war angespannt, es war lange her, dass er auf jemanden gewartet hatte, seitdem er geschieden war.

Die Wohnung hätte er besser nicht so lange behalten sollen, auch wenn er es versucht hatte, war sie nie wieder zu seinem Zuhause geworden. Es waren immer noch die gleichen Wände, die gleichen alten Fenster, das Sofa, sogar das Bett, doch es fehlten ihre alten Holzstühle, extrem baufällig, aber trotzdem einmalig, ihre kleinen Aquarelle im Flur, ihre Gitarre und die meisten Romane, die im Bücherregal gestanden hatten.

Wenn er den Badezimmerschrank öffnete, blickte ihm gähnende Leere entgegen, da war nur eine kleine, verstaubte Tube von Antifaltencrème, die ihm seine beste Freundin Annika geschenkt hatte.

„Du bist jetzt vierzig, du brauchst so was", hatte sie gesagt und gelacht, „wir werden alt."

Eric wusste, dass ein „Danke" passend gewesen wäre oder ein guter Scherz, doch er wusste nicht, wie er es sagen sollte, also schwieg er und sie seufzte.

Manchmal fragte er sich, ob seine Sprache gelitten hatte, denn Worte fielen ihm seit einiger Zeit schwer, eigentlich seitdem er es vor ein paar Monaten erfahren hatte. Er wusste nicht, was er sagen sollte, wenn Annika ihn zum Essen traf. Er blieb sprachlos, wenn er seine Freunde besuchte: Mit manchen ging er aus, doch die meisten saßen bei sich im Wohnzimmer mit einem oder zwei Kleinkindern auf dem Schoß. Die Ratlosigkeit machte sich sogar bemerkbar, wenn man ihn nur fragte:

„Wie geht es dir?"

Meistens schaffte Eric es, ein „Es geht mir gut" hervorzubringen, aber genaueren Fragen wich er aus. Es mochte sein, dass er es wusste. Jedoch war einige Zeit verstrichen und er hatte nicht das Gefühl, es auch begriffen zu haben und bezweifelte, dass es den Anderen besser erginge, wenn er mit ihnen darüber sprechen würde.

Er drehte sich kurz um, als er in den Zug stieg, so als befürchtete er, etwas vergessen zu haben. Aber das Gleis war leer, er war wohl der Einzige, der an dieser Stelle den Zug betrat.

Die meisten würden vermutlich sagen, es wäre zu früh. Er selbst hätte bis vor wenigen Tagen noch von sich behauptet, er sei nicht bereit dazu. Doch die Zeit war eine eigenartige Sache, sie schien sehr variabel zu sein, je nachdem, ob man nun wollte, dass sie verging, oder nicht.

Er ging an den Abteilen vorbei, bis er ein leeres fand und sich auf einen Sitz fallen ließ. Das gleichmäßige Rauschen hatte etwas Hypnotisierendes, dennoch wusste er, er würde keinen Schlaf finden, auch wenn er schon seit Wochen ziemlich müde war.

Vera starrte in ihr Glas: Es war fast leer, bis auf einen kleinen, roten Fleck am Boden. Langsam streckte sie ihre Hand aus, umfasste den dünnen Stiel, drehte ihn zwischen ihren Fingerspitzen hin und her und betrachtete dabei die dünne, weiße Tischdecke aus Leinen und den riesigen Schokoladenkuchen, auf dem eine große, rote Kerze in der Form einer vier thronte.

Das Geburtstagskind schlief desinteressiert auf einem Sessel in der Eingangshalle. Vera hatte sich schon oft gefragt, warum viele Eltern den Geburtstag ihres Kindes benutzen mussten, um ihr eigenes Fest zu feiern. Sie bezweifelte, dass die kleine Justine allzu viel von der Feier mitbekam, geschweige denn, dass sie sich für das Gerede der Erwachsenen interessierte. Gewiss, sie freute sich über die Geschenke und den Schokoladenkuchen, aber wahrscheinlich war sie in Gedanken nicht an dieser Tafel.

Ich verstehe dich, Justine, dachte Vera, oder anders gesagt: Ich wäre gerne wie du, dass ich einfach in meiner eigenen kleinen Welt versunken wäre und nichts mitbekommen würde von diesem ganzen Gerede hier. Diese Familienfeiern, zu denen alle aus Höflichkeit gehen, sollten verboten werden, vermutlich bin ich nicht die Einzige, die hier ist, nur damit sich niemand beleidigt fühlt.

André und Miriam lachten mehr, als es die Maße ihrer Gesichter eigentlich zuließen, es erschien ihr grotesk. Vera schloss für einen Moment die Augen. Seit drei Stunden war sie nun hier, 180 Minuten von betretenem Schweigen, aufdringlichen Fragen und nervtötendem Getuschel der alten Tanten, sowie ihren Ausflüchten.

„Hast du mal wieder etwas von... wie war gleich sein Name?"

„Tom."

„Ja genau, hast du mal wieder was von Tom gehört?"

„Nein."

„Hat er eine andere?"

„Ich weiß nicht. Könnte sein."

Eine Lüge. Es war keine zwei Tage her, dass Tom sie angerufen hatte. Er hätte Verabredungen gehabt in der letzten Zeit, hatte er gesagt, aber er fühlte sich fehl am Platz.

„Wie ist die neue Stelle, die du hast?"

„Es ist in Ordnung. Die Kollegen sind nett."

„Es ist wahrscheinlich eine Umstellung, so von der Selbstständigen wieder zurück zur Angestellten. Aber gut, dass du nach vorne schaust und weitermachst."

„Ich komme schon klar."

„Ich vermisse dich", hallte Toms Stimme in ihrem Kopf nach, „wenn ich könnte, würde ich alles verändern. Vermutlich hätte ich das auch getan, wenn ich mir sicher gewesen wäre, dass es das Richtige ist."

„Zweifel können tödlich sein Tom", war ihre Antwort gewesen, „du wirst jemanden kennenlernen."

„Hast du denn jemanden kennengelernt?"

Da war keine Eifersucht in seiner Stimme gewesen, eher Besorgnis. Sie wolle im Moment vermutlich niemanden, hatte sie behauptet, ihm alles Gute gewünscht und aufgelegt.

„Ist das dein drittes Glas?", irgendeine Freundin ihrer Großmutter beugte sich vor. Sie verhielt sich wie eine gealterte Nonne, aber dafür war ihr Pullover zu tief ausgeschnitten, kein schöner Anblick. Vielleicht sollte sie etwas weniger Kuchen essen.

„Nein, das ist das zweite."

„Du bist zu dünn, Vera."

Sie drückte die Stirn gegen ihre gefalteten Hände und atmete tief durch. Wahrscheinlich bekam sie heute Abend wieder ihre Kopfschmerzen, es war fast unvermeidbar, wenn sie in dieses Dorf fuhr.

Vera stand auf, lief zu dem Sessel, in dem ihre Nichte schlief und lächelte, als sie das kleine Gesicht anschaute, die runden Hände und das zerzauste Haar.

„Sie ist so groß geworden", sagte Miriam.

Vera hatte sie nicht kommen sehen.

„Ja das ist sie", sie holte aus ihrer Tasche ein Päckchen und drückte es Miriam in die Hand, „könntest du das Justine geben? Leider schläft sie schon, aber sie soll wissen, dass ihre Tante auch an sie gedacht hat."

„Bleibst du nicht noch ein bisschen?"

Vera schüttelte den Kopf.

„Nein, tut mir leid."

„Bist du müde? Ich weiß, du bist ein bisschen angeschlagen im Moment. Aber es wird bestimmt bald besser."

„Es wird bestimmt bald besser", hatte Tom auch gesagt, als ihre Bar kurz vor der Schließung stand. Sie hatte diese schwachen Versuche so sehr gehasst. Es war völlig unmöglich gewesen, ihm zu erklären, was die Bar ihr bedeutete. Die anderen Leute mischten sich ständig in alles ein, aber das war ihr Projekt gewesen, ihr Weg in die Freiheit, seitdem Vera sie mit zweiundzwanzig Jahren eröffnet hatte.

Tom hatte nie verstanden, warum der Verlust so schwer wog. Es ging ihr nicht nur um das verlorene Geld. Wahrscheinlich würde sie zu gegebener Zeit etwas Neues eröffnen, aber es würde nicht mehr dasselbe sein.

In ihrer Wohnung hing im Flur ein Bild von ihrer alten Kneipe. Jeden Abend, wenn Vera von der neuen Arbeitsstelle nach Hause kam, blieb sie davorstehen und betrachtete es ruhig, als könnte sie das alles noch vor sich sehen: die grob verputzten Wände, der schwarz lackierte Fußboden, die Messinglampen, welche von der Decke baumelten und natürlich sich selbst hinter dem Tresen, in der Hand eine Flasche mit dem besten Gin des Hauses und im Gespräch mit einem der Stammgäste. Es würde nie wieder dasselbe sein, geschweige denn, dass sie noch dieselbe wäre.

Es fing an, als sie Tom nicht einmal richtig anschauen und nicht mehr wirklich mit anderen Menschen reden wollte. Es war so, als würde sie alles bereits kennen und es gäbe nichts Neues mehr für sie: Die Menschen taten immer noch das Gleiche, sprachen über das Gleiche... es ödete sie an. Gegen Ende hatte Vera sich wie eine Maschine gefühlt, hatte mit bezeichnender Gründlichkeit alles aufgelöst, sich um einen Nachmieter gekümmert, die Einrichtung eingelagert, ihre Termine bei der Bank wahrgenommen. Geschlafen hatte sie nicht viel.

Tom hatte es als Wunsch nach Ruhe verstanden, war ihr aus dem Weg gegangen und hatte nicht über ihre Lage gesprochen, wenn sie sich sahen. Als Vera zwei Wochen lang in der Klinik gewesen war, hatte er sie nur ein Mal besucht.

„Ich habe eben viel zu tun gerade", hatte er auf ihre Frage, warum er nur ein paar Stunden blieb, geantwortet. Vielleicht hatte er geahnt, dass er irgendwann in diesen wenigen Wochen einen oder eher mehrere Fehler begangen hatte, denn als sie mit dem Zug zurückgekehrt war, hatte er am Bahnsteig auf sie gewartet.

Vera war an ihm vorbeigelaufen und hatte sich in ein Taxi gesetzt. Am nächsten Tag hatte sie ihn gebeten, die Sachen, die ihm gehörten, aus ihrer Wohnung zu holen.

„Lass uns reden", hatte Tom sie gebeten, doch sie hatte lediglich resigniert gefragt: „Was gibt es denn da noch zu reden?"

„Ich habe eine Verabredung Miriam", sagte sie schließlich.

„Jetzt? Hier im Dorf?", es faszinierte Vera immer wieder, wie hoch Miriam ihre Augenbrauen heben konnte.

„Ja", antwortete sie und drückte den Arm ihrer Schwester, „habt einen schönen Abend."

Die Bar war leer, bis auf zwei Skifahrer in der linken Ecke.

„Whiskey?"

„Ja. Zwei Mal bitte."

„Also", Eric schob eines der beiden Gläser zu ihr hin, „warum wolltest du eben unbedingt der Familienfeier entkommen? Was war so schlimm?"

„Ach", Vera drehte das Glas, „das übliche Gerede. Du kennst das doch bestimmt."

„Nein, ich glaube nicht."

„Wirklich nicht? Diese gut gemeinten Fragen von den älteren Tanten, ob man jetzt sein Leben wieder besser im Griff hat und diese Sprüche wie: Du trinkst zu viel, du isst zu wenig. Und man selbst wiederholt sich die ganze Zeit wie ein Papagei: Es geht mir gut, es geht mir gut. Es ist furchtbar."

„Mit meiner Familie war es anders, wir haben uns immer gut verstanden. Aber es gibt auch selten Treffen. Ich war ein Einzelkind und meine Eltern sind beide vor genau fünf Jahren verstorben."

„Das tut mir leid. Was ist passiert?"

„Eine Schneelawine, nicht weit von hier, auf einem der umliegenden Hänge. Sie sind oft abseits der Wege gelaufen, aber manchmal waren sie nicht vorsichtig genug."

Vera schwieg und nahm einen Schluck Whiskey. Das Neonlicht an der Decke brach sich in der Flüssigkeit und warf ein paar bernsteinfarbene Flecken auf ihre helle Haut.

„Und hattest du denn dein Leben nicht im Griff?", fragte er.

„Na ja, ein paar Dinge sind schon außer Kontrolle geraten, das stimmt. Ich habe meine Kneipe schließen müssen, das war furchtbar. Dann war ich überarbeitet, es ging mir nicht so gut und ich habe mich von jemandem getrennt. Jetzt habe ich einen Job, den ich aber nicht sonderlich mag."

„Klingt nicht gut."

„Ist es auch nicht. Nur weil man etwas überlebt, heißt das nicht, dass es einem deshalb gut damit geht."

„Das stimmt wohl", Eric drehte das Glas in seinen Händen und sah auf die Armbanduhr.

Er schaute auf die Zeiger, die sich immer näher kamen und hörte ihr Ticken.

„Langweilst du dich?", fragte Vera. Eric fing an zu lachen.

„Nein, das nun wirklich nicht."

„Du hast auf deine Uhr gesehen."

„Ich mag diese Uhr. Mein Vater hat sie mir geschenkt, da war ich zwanzig. Seitdem habe ich sie immer getragen."

„Ist das eine Gravur?"

„Ja, da steht mein Name und mein Geburtsdatum drauf", er drehte das Handgelenk so, dass sie nur die erste Gravur sah.

Sie lächelte ihm über das kleine Silbergehäuse zu, während seine Finger das zweite Datum abdeckten.

„Ich habe das Gefühl, der Barkeeper starrt mich an."

Eric drehte sich um.

„Nimm es ihm nicht allzu übel. Wahrscheinlich ist ihm furchtbar langweilig. Hier kommen bestimmt nicht viele Leute auf einen Drink vorbei. Abgesehen davon bist du das einzige Motiv in diesem Raum, das man gerne anschaut."

Sie lachte.

„Also dieser Raum an sich ist auch nicht so sehr mein Geschmack."

„Das hoffe ich doch", er lehnte sich zurück, „es sei denn du magst schwere Eichenmöbel, Spitzendecken und diese Kunstdrucke an der Wand. Ich hätte auch nicht gedacht, dass jemand in einer Hotelbar Arnold Böcklins Selbstporträt mit dem Totenschädel als Motiv wählt."

„Ich verstehe zwar nichts von Kunst, aber es kommt mir auch nicht wirklich passend vor."

Er trank seinen Whiskey aus und schob dem Kellner ein paar Münzen über den Tresen.

„Es hat mich gefreut, Vera, aber ich muss jetzt gehen."

Sie sah überrascht aus.

„Was, jetzt schon?"

„Lass uns rausgehen", er zog sie durch die Bar und das Foyer nach draußen in die Kälte.

„Habe ich etwas Falsches gesagt?", fragte sie verunsichert.

„Nein, hast du nicht. Hab eine gute Nacht."

Vera überlegte für einen Moment, ob sie etwas sagen sollte. Dann beugte sie sich vor und küsste ihn. Er erwiderte den Kuss nicht, wehrte sich aber auch nicht dagegen, sondern blieb abwartend stehen, absolut regungslos. Schließlich ließ Vera ihn los, ihre Augen waren weit aufgerissen.

„Du solltest morgen wieder nach Zürich fahren", sagte Eric.

Sie sah zu schockiert aus, um etwas zu sagen. Ihr Gesicht war blass und hob sich von ihrem Mantel stärker ab als der Schnee.

„Ich habe noch eine Verabredung, Vera. Morgen bin ich schon nicht mehr hier."

„Gute Reise", stammelte sie, als er sich umdrehte.

Erics Stiefel gruben sich in den pulvrigen Neuschnee, als er weiter in den höher gelegenen Teil des Dorfes stapfte. Etwa hundert Meter weiter in Richtung des Tals hatte Vera vor einer Stunde gestanden, als er sie zum ersten Mal gesehen hatte. Genau die Stunde, die er hatte warten müssen und die er nicht alleine hatte verbringen wollen.

Der Zug war wie erwartet pünktlich und der Wind zu kalt gewesen, um draußen lange herumzustehen. Der Taxifahrer hatte nicht viel geredet, sondern eine Menge mit den Händen passend zum Takt der Musik gewackelt. Eric war froh gewesen, sich nicht unterhalten zu müssen. Er hatte aus dem Fenster hinaus zu den steilen, verschneiten Hängen gesehen, den Kopf in den Nacken gelegt, um die Gipfel in der Dämmerung zu erkennen und daran gedacht, dass es in wenigen Stunden so weit sein würde.

Das Taxi war um die Ecke gebogen, vorbei am Ortsschild. Eric hatte dem Fahrer auf die Schulter getippt.

„Wenn Sie links abbiegen, geht es schneller."

Der Fahrer hatte nichts dazu gesagt, war aber seinem Rat gefolgt.

„Könnten Sie etwas Anderes als Breaking the Habit spielen?", hatte Eric nach einer Minute gefragt.

„Nicht so Ihr Stil?"

„Eigentlich schon, aber diesen Song will ich gerade nicht hören."

„Wie Sie meinen."

Sie waren in die Hauptstraße eingebogen.

„Lassen Sie mich aussteigen."

Der Fahrer hatte angehalten, schweigend das Trinkgeld entgegengenommen und sich nur mit einem Kopfnicken bedankt. Niemand hatte mehr auf der Straße gestanden, als das Taxi weggefahren war, und das Atmen schmerzte ein wenig.

Er hatte sich gefragt, wie das Treffen sein würde. Vielleicht auf eine eigenartige Weise schön oder sehr schmerzhaft. Es würde nicht einmal mehr zwei Stunden dauern. Warten war schwer.

In den meisten Häusern hatte Licht gebrannt, vermutlich waren die Dorfbewohner den Winter leid, aber es würde noch ein paar Wochen dauern, bis der Schnee schmelzen würde. Es hatte wieder angefangen zu schneien, vielleicht hatte er deshalb die weibliche Gestalt erst wahrgenommen, als er wenige Meter vor ihr stand. Für einen Moment erschrak er, denn die Silhouette sah in dem verschwommenen Schneetreiben fast aus wie ein großer schwarzer Vogel. Als er ein wenig näher kam, trennte sich von dem schwarzen Mantel und dem dunklen Haar ein Frauengesicht: schön, aber auch ziemlich markant.

„Guten Abend", hatte sie gesagt.

Hinter ihr war eine weitere Gestalt aufgetaucht: Eine Frau gleichen Alters, sie trug nur einen dünnen Pullover und hatte die Arme um den Körper geschlungen.

„Sicher, dass du schon gehen willst?", hatte sie der Dunklen entgegengerufen.

„Ja", die Fremde hatte sich ihm zugewandt und sah ihn bittend an, „ich sagte ja, ich habe eine Verabredung."

„In Ordnung", hatte die Andere zögerlich gesagt, „ruf mich doch die Tage mal an, dann können wir reden."

„Gute Nacht, Miriam."

Die Tür der Gaststätte war zugefallen.

„Dann haben wir also eine Verabredung?", hatte er gefragt.

„Vielen Dank, Sie erlösen mich."

„Wir werden sehen. Leben Sie hier?"

„Was hier? Um Gottes willen, nein. Ich wohne in Zürich, ich bin aus familiären Gründen hergekommen."

„Ich habe auch in Zürich gewohnt."

Sie waren um die Ecke gebogen.

„Und was machen Sie hier?"

„Ich besuche das Dorf meiner Kindheit."

„Ich wollte den Ort nicht schlechtreden."

„Schon in Ordnung. Ich weiß, was Sie meinen."

„Sind Sie auch im Hotel Kristall?"

„Es gibt nicht viele Hotels im Ort. Ich kann Sie begleiten, aber ich übernachte nicht dort."

Sie hatte Mühe, ihren schwarzen Koffer durch den Schnee zu ziehen.

„Waren Sie heute bei einer Beerdigung?"

„Nein, zum Glück nicht. Es war nur eine Familienfeier. Wieso denn?"

„Weil Sie so förmlich sagten, familiäre Gründe und dann das viele Schwarz..."

„Nein, aber Schwarz ist einfach die beste Farbe. Wollen wir uns nicht duzen?"

„Ich heiße Eric."

„Vera."

Sie hatten das Foyer betreten. Hinter der Rezeption und einem verwelkten Strauß weißer Lilien hatte eine alte Frau gesessen, schlafend, ihr Kopf sank zur Seite, es sah mitleiderregend aus.

„Vielleicht sollte ich sie nicht sofort wecken", hatte Vera schließlich gesagt, „trinkst du einen mit an der Hotelbar?"

„Warum nicht?"

Er hatte mit dem Handrücken ein paar vertrocknete Blütenblätter von der Theke gewischt und war ihr schließlich gefolgt, den Blick gerichtet auf den schwarz-weiß gemusterten Fußboden und den dunklen, ausgefransten Saum ihres Kleides.

Kaum hatte er das alte Fachwerkhaus wieder erreicht, erschien es ihm nicht mehr real. Es war das letzte Haus, das noch an der Straße stand, welche irgendwann in einen kleinen Feldweg überging, der nur im Sommer zu finden war und sich in schmalen Serpentinen die Hänge hinauf schlängelte, bis der Wald begann.

Eric erinnerte sich wie er früher viele Stunden den Hang hinaufgeklettert war, manchmal mit seinen Eltern, manchmal auch mit seinen Freunden aus Grundschulzeiten, zuerst durch den endlosen Wald, dann weiter hinauf bis zur Baumgrenze.

Als er zwanzig war, war er einmal mit einer Klettergruppe bis zum Gipfel des Berges hinaufgestiegen. Die Aussicht war fantastisch und zugleich beängstigend gewesen. Er hatte die Vertrautheit des Waldes vorgezogen.

Eine Weile blieb Eric vor dem Fachwerkhaus stehen. Er hatte sich nie daran gewöhnen können, dass nun eine andere Familie dort wohnte. Am liebsten hätte er das Haus behalten, aber er hatte das Geld vor fünf Jahren gebraucht.

Doch als er nun wieder vor der alten, nicht restaurierten Fassade stand, war es ihm egal, dass jetzt ein anderer Name auf dem Klingelschild stand und die neuen Hausbesitzer die Veranda umgebaut hatten. Er konnte die beiden erkennen, wie sie im Garten standen, wie sie neue Blumen pflanzten, er konnte sich selbst sehen, wieder auf den kurzen Beinen eines Kindes, viel zu klein für eine zu große Welt, den Kopf in den Nacken gelegt, um mit seinem Blick die Gewalt der Berge zu erfassen.

Eric schloss kurz die Augen, als sich etwas Schnee in seinen Wimpern verfing. Einst hatte er den Klang vergessen, doch seit ein paar Wochen konnte er wieder die sanfte Frauenstimme hören, die Lieder für ihn sang. Er wandte sich vom Haus ab und stapfte durch den Schnee zum Waldrand.

„Abendstille überall,
nur am Bach die Nachtigall,
singt ihre Weise,
klagend und leise,
durch das Tal."

Er versuchte die letzten beiden Verse mitzusingen, aber seine Stimme versagte. Eric kannte den Weg, er würde ihn nicht verfehlen. Er fand die Stelle, ohne eine Karte oder ein Licht zu benötigen. Es war kein außergewöhnlicher Ort: ein Hang, auf dem nur kleine Bäume wuchsen oder abgebrochenen Stämme lagen und der Himmel zu sehen war, weil kein dichtes Nadelgestrüpp die Sicht verdeckte.

Das einzige Licht verbreiteten die Zeiger seiner Uhr. Es war zwanzig Uhr vierunddreißig. Damals vor fünf Jahren hatten die beiden auf dem gleichen Grund gestanden wie er in diesem Augenblick. Vermutlich hatten sie sich verspätet, sprachen vielleicht über irgendetwas, als die Schneemassen zwischen den Bäumen hervorbrachen und sie mit in die Tiefe rissen.

Er blickte erneut auf seine Uhr, auf die zweite Gravur: eine vier, eine zwei und das Jahr 2017. Vierzig Jahre, ein paar Monate und Tage nach dem ersten Datum. Fünf Jahre nach dem Sturz.

Im Winter vor fünf Jahren war er oft an diesem Hang entlanggewandert, hatte sich angesehen, was die Lawine hinterlassen hatte, als müsste er das alles erst mit eigenen Augen erblicken, um es zu glauben. Er hatte sich oft gefragt, an welcher Stelle die beiden gelegen hatten, als man sie fand.

Eric legte den Kopf in den Nacken, sah in den Nachthimmel, in die endlose Dunkelheit. Als er der Schwere nachgab und in die Kälte fiel, dachte er daran, wie schön es sein musste, fliegen zu können.